苦悩への畏敬

ラインホルト・シュナイダーと共に

下村喜八［著］

Reinhold Schneider,
1903-1958

YOBEL,Inc.

序文

ベルリンの壁が崩壊した一九八九年から翌年にかけての一年間、私はゲーテ（Johann Wolfgang von Goethe, 1749 - 1832）を研究するためにドイツ留学の機会を与えられた。その年の秋に、指導を受けていたケルン大学のヴェルナー・ケラー教授が入院して手術を受けられた。このことがきっかけとなり、今まで名前も知らなかったラインホルト・シュナイダー（Reinhold Schneider, 1903 - 1958）の作品と出会うことになる。その経緯については拙著『生きられた言葉 —— ラインホルト・シュナイダーの生涯と作品』にも記したが、私の人生にとって転換点となった出来事であるため、再び言及することを許していただきたい。見舞いの訪問を望まれないというので、手紙を書いて、花に添えて送った。その際、今振り返ると、恥ずかしくて冷汗がにじんでくるが、つい筆が滑って次のようなことを書いた。「今まで大病を患ったことのない私には、貴方の苦痛と心配がいかばかりか想像することもできません。しかし私は、病気になるといつも思い出して、自分を励ます言葉があります。それは日本の明治時代のあるキリスト者のものですが、〈誰もが嫌う病というものがこの世に存在するのは、隣人に対する思いやりを学ぶためである〉という言葉です」と。これは、内村鑑三（1861 - 1930）の『基督信徒の慰』にある言葉である。帰国後調べ直してみると、原典とはかなり違っていたが、主旨はほぼ正しいように思われる。一か月ほどして、代筆の礼状と一緒に、教授の論文集とクリスマスのお菓子が贈られてきた。その論文集に含まれていたラインホルト・シュナイダーを扱った論文を読み、非常に大きな関心をそそられた。そして彼が、先の内村の言葉を、真に生きて証した人であることを知った。彼は肉体的には腸閉塞、精神的には抑鬱症による自殺願望という重い病を負っていたが、彼こそ、その病を通してキリストに出会い、その愛に生かされて苦悩を共苦と思いやりに変えた人であった。その後、留学の本来の目的であるゲーテの研究を中断して、毎日シュナイダーを読みふけることになった。近くの本屋さんに注文したシュナイダー著作集全10巻を受け取りに行ったときの胸の高鳴りは今も忘れられない。中年の女店員さんが、注文主が東洋人であるのが意外であったのか少し紅潮した表情で「これはとても良い本です。すばらしい」と言って著作集の入った箱を数回さすり、丁寧に包装し、持ち帰りやすいように紐を掛けてくれた。簡易な包装が習慣のドイツではめずらしいことであった。

退院された教授に私は次のように話した。

あなたの論文によって初めてシュナイダーを知り、非常な関心をそそられて作品をも読みましたが、身震いするような感動を覚えました。シュナイダーの生涯は、自分の言葉を生きることによって証しようとする絶えざる努力で貫かれています。彼の世界は、深刻なまでに真摯で気高く、かつ純粋な倫理性をもっています。私は、特に彼のキリスト教の深い信仰と一つになった人権思想に強い感銘を受けました。さらに彼の自然感情にも大いに学ぶべきところがあります。それは、ゲーテにおけるような内的調和に基づく一体感情ではなくて、痛みを通しての兄弟愛の関係であるように思われます。さらに彼によって歴史や社会を見る目が開かれたように思います。日本が残念ながら人権思想という点でいまだ進んだ国とは言えないことや、人類共通の平和の問題、ニヒリズムの問題、科学技術がはらむ問題性を考えると、シュナイダーを日本に紹介することは大きな意義があるように思われます。彼を読んでいると、私には、日本に紹介する使命があるように思えてきてならないのです。

すると、教授はたいそう喜ばれ、「彼については、あなたのおっしゃるとおりである。ぜひ日本に紹介してもらいたい」と言われた。さらにこうも語られた。彼には人間や社会、歴史や文学を見る独特の視座がある。他の作家や思想家を研究するうえでも貴重な示唆を与えられることが何度もあった。残念ながら、シュナイダーはドイツでも今は次第に読まれなくなった。ドイツは物質的には豊かになったが、こういうものを読まなくなると、精神的にも倫理的にもだめになるし、危険だ、と。

この『苦悩への畏敬 ―― ラインホルト・シュナイダーと共に』は、筆者が雑誌『共助』に掲載したもの、共助会の修養会で語ったもの、および京都の日本基督教団北白川教会で行った信徒説教に加筆、修正をして編んだものである。「ラインホルト・シュナイダーと共に」という副題を付けたけれども、ここに収録されたすべての小論や説教が直接シュナイダーを扱ったものではないことをお断りしなければならない。ただ、彼を読み研究することによって、キリスト教の信仰理解において、歴史と社会および広い意味での文化に対する見方において、さらに生きる姿勢において、私はすっかり変化せられたように思う。直接シュナイダーがテーマになっていないものにおいても彼に言及していることも多く、また言及していなくとも何らかの点で彼の影響を受けて物事を見、感じ、考え、表現したものであると言える。シュナイダーの作品に出会って以来、私はいささかなりと彼と共に、彼に倣って生きたいと願ってきた。そのような意味でこの副題をご了解いただけたら嬉しく思う。

本書の標題とした「苦悩への畏敬」は第三章の標題でもあり、彼の作品と生涯、信仰と生活の基底になっている思想であり、感情であり、不断の思念でもある。他をおいてもこの章をお読みいただきたいという思いも込めてこの拙著の標題とした。

ラインホルト・シュナイダーは、ナチスの時代にファシズムに抵抗したドイツのカトリック系の詩人であり思想家である。反ナチ抵抗運動をした人物として日本で最もよく知られているのは神学者のディートリヒ・ボンヘッファー（1906 - 1945）とマルティン・ニーメラー（1892 - 1984）、および「白バラ」グループであろう。シュナイダーについてはほとんど知られていない。しかしドイツではよく知られていて、人々に信頼され、特に第二次世界大戦中はほとんど聖人のように慕われていた。たとえば次のような話が伝わっている。

当時、彼は南ドイツのフライブルクに住んでいたのであるが、連合軍の空襲で多くの町が破壊されてゆくなかで、「この町にラインホルト・シュナイダーが住んでいるかぎり私たちは安全だ」と信じていた人が何人もいたということである。

これは素朴な迷信に過ぎないと言えるが、彼がどれほど一般の人々からも尊敬されていたかを表している。彼を称える多くの言葉の中から、二つだけ紹介していておきたい。ある人は、「シュナイダーが生きているかぎり、ドイツは良心をもっている」と語り、またある人はこう語っている。「シュナイダーは、歴史の最も悪しき時代に現れた最も必要不可欠の人間であった。彼はすべてが崩壊するときに私たちを支え、癒した。いずれにせよ私にとって最も不可欠の人間であった。彼は私にとって規範であった。多くの、実に多くの人にとってそうであった。この規範はあの戦いの時代の後の歳月にも有効でありつづけた。彼は時代の中に超時代的なものを認識し、それを時代の混乱の中から解きほぐす力を与えられた少数の人間の一人であった」。

私はシュナイダーを自分の仕事として学びながら、少しでもシュナイダーに近づき、彼のように生きたいといつも思っている。しかしそれは私にはとても困難なことである。今私はシュナイダーについて書くことによって、まず、時代の中にある自分の生きかたを検証しなおしたいと思う。ついで、彼の言葉と生きざまを通して、彼の内に働かれたキリストを仰ぎたいと思う。そして時代と闘う勇気を得たいと願っている。同じことが、もしかしてこれを読んでくださる方々の心にも生起するかもしれない、いや生起するに違いないと私は信じている。さらに、もし許されるなら、この困難な時代の中で苦悩しておられる人たちと共にいかに生きるべきかを考え、共に祈り、一人では担いきれない重荷を担いあうことによって、時代に対する私たちの責任を果たしてゆきたいと思う。

苦悩への畏敬

――ラインホルト・シュナイダーと共に

目次

〈目次扉背景写真〉ドイツ、バーデン＝ヴュルテンベルク州、バーデン＝バーデンの公園墓地にあるシュナイダーの墓碑。
photo/ Sitacuisses

第1章　歴史の中で真理を生きる
――ナチス時代のラインホルト・シュナイダー

はじめに

第二次世界大戦後の日本とドイツの歩みは、よく比較して論じられるが、その際に戦中と戦後を切り離して論じられるために、大事な点が見落とされがちである。それは、戦争中に抵抗運動があったかどうかということ、それが戦後の歩みとどう関わっているかという点である。

第二次世界大戦後のドイツ連邦共和国の最初の首相はコンラート・アデナウアー（1876 - 1967）である。彼はカトリック教徒で、一九一七年から一九三三年までケルンの市長であった。彼はナチスとヒトラーに反対であったため、ケルン市にはカギ十字の旗を立てなかった。誰かが立てるとそれをはずさせたと言われている。またヒトラーがケルンにやってきても会わなかった。それゆえ、彼は一九三三年にナチスが政権につくとともにケルン市長職およびすべての官職を奪われた。二度投獄されるが、幸いにも命を奪われることなく生き延び、一九四九年に首相になった。彼の反ナチ抵抗はヨーロッパ諸国でよく知られていたので、フランスをはじめ近隣諸国やアメリカは彼なら信頼できると考えた。ところで、彼と首相の座を競った野党の党首クルト・シューマッハー（1895 - 1952）も反ナチ抵抗者であった。ナチス時代に反ナチ闘争に参加し、12年間強制収容所に入れられていた経験をもつ。

アデナウアーが一貫した親米・反共の姿勢を取り、東側諸国に対しては「力の立場」を崩さなかったこと、および国内的には長期政権の弊害も生まれ、年とともに強権的な性格を増したために、彼に対する評価は分かれるが、少なくとも一つのこと、すなわち彼の反ナチ抵抗が、戦後、ヨーロッパ諸国との友好関係の樹立とドイツ再建に大きな力となったことは確かである。ヴァイツゼッカー元大統領（1920 - 2015）は次のように語っている。「数えきれないほどのアメリカ人が、その当時、私財を用いて、われわれドイツ人、敗北した者たちを助けて戦争の傷をいやそうとしてくれました。ジャン・モネのようなフランス人、コンラート・アデナウアーのようなドイツ人、これらの人々の先見の明のおかげで、フランスとドイツの間にあった昔ながらの敵対関係は、遂に完全に終わりを告げました」。

またヴィリー・ブラント（1913 - 1992）は、一九七〇年一二月、東西冷戦のさなかにポーランドとの関係正常化のための調印に出向いた際に、ワルシャワにある「無名戦士の墓」に献花し、さらにユダヤ人ゲットーの記念碑の前でひざまずいて祈りをささげた首相として有名である。七〇年から七二年にかけて新東方政策を展開し、ソ連・東欧諸国および東ドイツとの関係を正常化へと導いた。ブラントもアデナウアーと同様、熱烈な反ナチで、ヒトラーが政権をとった年にノルウェーへ亡命し、その後、ジャーナリストとして反ナチ抵抗運動を支持しつづけた。そのような過去をもつ彼だからこそドイツとポーランドとの和解を推し進めることができたのだと思われる。ちなみに、アデナウアーからブラントまでの5人の首相のうち一人を除いてすべて反ナチ抵抗者であった。彼らは屈辱外交と揶揄《やゆ》されながらも、謝罪と賠償の外交を進めていった。一九五二年九月、ユダヤ人に対する補償についての同意書をイスラエルと交わしたあと、アデナウアーは連邦議会で次のように演説している。「ドイツ連邦政府は、……終わりなき苦しみを少しでも取り除けるよう補償問題の物質的解決をはかりたい」と。この言葉には、贖《あがな》いきれない苦しみを与えたことへの誠実な謝罪の姿勢が明確に示されている。その姿勢は、後の首相たちにも受け継がれていった。補償問題では、政治家にも、国民にも、このような姿勢が求められるのではないであろうか。戦後のドイツの指導者たちは、日本の指導者たちに比して、誠実で良心的であるばかりでなく、実に賢明だなとの素朴な感慨を否定できない。

たとえば日本は、三六年間におよぶ植民地支配によって、朝鮮国民から、国王、外交権、立法権、司法権、母語、氏名、生命、誇り等、多くのものを奪った。皇国臣民化《こうこくしんみんか》政策により朝鮮人を「真の日本人」に改造しようとし、学校では朝鮮語を禁止、日本語だけで教育を受けさせ、全国で二〇〇〇余の神社を造り、神社参拝と皇居遥拝《ようはい》を強要した。さらに名字を日本風に変えさせた（創氏改名《そうしかいめい》）。すなわち民族を文化的に抹消しようとしたのである。しかし戦後、日本政府はそのような植民地支配に対して、合法的で正統な支配であったと主張し、補償ではなく経済援助として供与する形をとった。それでは多額の金銭を払いながら償いにならず、むしろ相手の側に屈辱的な気持ちが残ることになる。

過去との向き合い方の違いが現在と将来の国際関係の違いとなって現れてくる。そして過去との向き合い方の違いは、すでに過去自体の中に存在し、この場合、歴史の中で抵抗する人々がいたかどうかによって異なってくるように思われる。時の権力に抵抗することは極めて困難なことで、私たち自身に、それが可能かどうかは謙虚に受けとめなければならない問題である。とはいえ、今は歴史的事実を記したい。ドイツでは、政治家にも、思想家にも、文学者にも抵抗者はかなりの数にのぼったが、日本には少数しか見られなかった。ちなみに文学に関していえば、ドイツには抵抗文学があったが、日本には転向文学はあるものの、抵抗文学はなかった。

序文にも記したように、ラインホルト・シュナイダーは、ナチスの時代にファシズムに抵抗したドイツのカトリック系の詩人であり思想家である。抵抗の一つの形として、ナチスが政権をとって以降、彼が歴史とどのように関わりながら生きたかを考察したい。

一　非合法出版

（一）ラインホルト・シュナイダー素描

ラインホルト・シュナイダーは一九〇三年に南ドイツに生まれ、一九五八年に亡くなった詩人、歴史家、そして思想家である。したがって、第一次世界大戦、ナチスの独裁、第二次世界大戦、敗戦、ドイツの分裂、そして冷戦という困難な時代を生きたことになる。彼は自伝の冒頭を、「人間は父に似るよりも、その時代に似る」ということわざを用いて書きはじめ、さらに「歴史的なものと主体的なものとの間に境界線はない」、「時代はわれわれの内で生じる」とつづけている。これらの言葉は、われわれがいかに時代から規定的な影響を受けるかを表していると同時に、われわれは歴史を作ってゆく責任を負っていることをも意味しているであろう。

シュナイダーは、精神的にも肉体的にも重い病を負っていた。彼は鬱病に苦しみ、一九歳のときに企てた自殺は未遂に終わるが、生涯、死への誘惑を経験しなければならなかった。彼は自分のことを「生まれながらの自殺者」と呼んでいる。さらに若い頃から病弱で、三八歳のとき以来、絶えず腸閉塞と胃の障害に苦しんだ。激しい腹痛のために座って仕事をすることができず、暖炉の上にタイプライターを置いて、立って原稿を書いたと伝えられている。また、死の誘惑から逃れるために本にかじりついた。それゆえ鬱病は彼を生涯「本の虫」にし、生の意味の探究者にした。さらに精神の苦悩と肉体の苦痛は彼とキリストの十字架との結びつきを深め、そのキリストを通して、彼の心を、苦しめるものの元へと向かわせた。シュナイダーはキリストにあって苦悩を共苦に変えた人である。

（二） 第二次世界大戦中のシュナイダー

ナチス（国家社会主義ドイツ労働者党）が権力を掌握する二年前の一九三一年一月に、シュナイダーは友人に宛てて次のように書いている。「今や、ヒトラーとその第三帝国（ナチスがスローガンにした来たるべき理想の国）のせいで、この上なくひどい幻滅がドイツの前に差し迫っている」と。この時点ですでに彼はヒトラーの危険性とドイツの破局を予感していたように思われる。

一九三二年から翌年にかけての冬、彼はベルリンで、ヒトラーが権力を掌握する前後、国民が熱狂する日々を体験している。「放送局から送られてくる集会のようすが地下室から漏れて聞こえてくる。がなりたてる声だ。怪物が勝利の雄叫びをあげている。他の声とは混同することのない声、絶えず嘘をついていながら一度も嘘をついていない声だ。なぜなら、その声のなかで語っているのは、ふつふつと沸き立っている権力だからである。私にはまったく理解できない。どうして人々は、その声に耳を傾けるという苦痛にみずから進んで身をさらすのであろうか。どうして部屋のなかで一人きりであの声を聞くなどということができるのだろうか。どうしていくつもの家族が、あの単調で、すべての共同体を粉砕する闇の唸り声を聞きながらテーブルを囲むことができるのだろうか。まったく理解できないことである」。

一九三四年一月にシュナイダーは、ダッハウにあるユダヤ人強制収容所の話をはじめて聞く。それ以来、収容所や牢獄での苦しみが心にこびりついてもはや離れなくなった彼は、短編小説『慰め主』を書く。この小説は、魔女狩りに反対したイエズス会修道士であり、盲目の詩人でもあるフリードリヒ・シュペー・フォン・ランゲンフェルト（1591 - 1635）の勇敢な働きを素材にしたもので、シュナイダーは、無数の罪なき人を抹殺した残忍な魔女狩りにことよせて、ナチスのユダヤ人迫害を告発した。

翌年、彼は、紀元前半世紀から産業革命までのイギリスの歴史を取り扱った文学的性格の強い歴史書『島国』を書く。ここでは、権力が罪と結びつくことによって強大になり、さらにそれが、罪と結びついた別の権力によって滅ぼされてゆく様が描かれる。このように、罪と結びついた権力の連鎖が、この世の歴史の内実である。しかしそこに、超越的なものとして「正義」が歴史に介入してくる。正義とは――ここでは公式的な説明にとどまるが――シュナイダーにとって、罪と結びついた権力の支配する「地の国」に対し、「神の国」を支配する原理であり、キリストの愛に基づく支配と秩序のことである。そして正義は彼にとって、永遠・普遍の要請であり、侵すべからざるもの、権力と罪を超えて存在しなければならない。したがって正義は、罪と結びついた国家が要求するところに抗して人間の尊厳と自由を守ることを求める。そのような視点からイギリスの歴史を見なおしたものがこの作品である。

『島国』にはこう書かれている。「正義に基づかない国とは何であろうか。そのような国は必ず滅びるに違いない。国を獲得するために罪が手助けすることがあるであろうが、しかし何よりも確かなのは、罪は再び必ず償われなければならないということである」。すなわちこの作品には、旧約聖書の預言者たちの歴史観に見られる〈審判としての歴史〉が描かれているということができる。そしていわゆる歴史の中の有名な人物ではなく、正義のために苦しみ犠牲となった人々の中に、未来の希望と救済の印が認められている。次のように書かれている。「ある時代において正しいと認められうるのは、神の声を聞き、そして歴史の中に巻き込まれながら、歴史と永遠とを関わり合わせつつ人間の使命を証しする少数の人間――証しすることが望まれていない場所においても証しする人間――のみだからである」。筆者はこの一文の中にシュナイダーを抵抗者にした秘密、あるいは原点が隠されているように思う。そして彼は、歴史と永遠とを関わり合わせつつ人間の使命を証しする人間を、「歴史を戦い抜く人間」と呼び変えている。しかし、歴史を、正義という倫理的尺度によって解釈することは、見方が一面的になり、多くを捨象する危険性をもっている。そのことを彼は十分に承知しつつ『島国』を書いたことが序文から読み取れる。「歴史を戦い抜く人間を理解するために、そしてその人間と共に生きるためには、しっかりした立脚点、つまり人間の本質と使命について知ることが必要である。この書物は立脚点を選んだが、その立脚点は多くを解明してくれるが、また幾らかのことを覆い隠すであろうことを自覚している」。彼自身、歴史を戦い抜く人間と共に生きるためにこの書物を書いたとも言える。

この六〇〇頁を超える浩瀚《こうかん》な書物は、著者自身が驚いたことに多くの人に読まれ、発行部数は九〇〇〇を数える。しかし一九三七年に「好ましからざる書物」として発禁となる。シュナイダーが歴史解釈に用いた倫理的尺度が国家社会主義にとって危険なものだとみなされたためである。

ナチスの時代にドイツから国外に亡命した人の総数は、約四〇万人、その中で何らかの形で文学にたずさわっていた者は、二〇〇〇人強と言われている。そのような状況の中で、シュナイダーは、亡命するよりも国内にとどまることを選んだ。彼は次のように書いている。「私は国民と一緒に生きることしかできない。私は彼らの歩む道を一緒に一歩一歩歩きたいし、歩かなければならない。思想の理由から亡命する人たちを大いに尊敬するが、私はドイツを去ろうと考えたことは一度もなかった。さらにまた、独裁のもとにある国民に対して国外から精神的な働きかけをするのは、ほとんど不可能だということがわかった」。

ドイツにとどまり国民と危機的状況を共に生き、精神的に働きかけるという点でボンヘッファーの生き方と類似している。ボンヘッファーは一九三九年の六月にニューヨークの恩師と友人たちの招きでアメリカに渡る。そこでは仕事を得るいくつかの可能性が用意されており、彼が望めば亡命という選択肢もあり得たが、彼は「私たちは彼（キリスト）がいまし給うところより外の場所にいることはできない」（E・ベートゲ『ボンヘッファー伝　第三巻』）という思いから、アメリカ滞在を一か月余りで切り上げ帰国する。彼は次のように書いている。「私がアメリカへ来たのは間違いでありました。私は、私たちの国の歴史の困難な時期を、ドイツのキリスト者と共に生きなければなりません。もし私がこの時代の試練を同胞と分かちあうのでなければ、私は、戦後のドイツにおけるキリスト教生活の再建にあずかる権利をもたなくなるでしょう」（『ボンヘッファー伝　第三巻』）。

シュナイダーは国内にとどまることによって国民に働きかけた。その抵抗文学の代表作が、一九三七年から一九三八年に執筆された小説『カール五世の前に立つラス・カサス』（拙訳　未来社）である。これは一六世紀の大航海時代に南米スペインの植民地で、原住民の解放と人権擁護のために生涯をささげたバルトロメ・デ・ラス・カサス（1484‐1566）を主人公にした作品で、ナチスのユダヤ人迫害と侵略戦争に対する抗議の書である。この書に関しては、第3章の「苦悩への畏敬」で少し詳しく取り上げられている。

この小説のあと、シュナイダーは終戦までの七年半ほどの間は、多数のソネットやエッセイ、省察や平信徒説教、そして数編の短編小説といった短い著作しか書かなくなる。それらはソネットをふくめて、概念的で表現に生硬さが目立ち、これまでの彼の作品および戦後のドラマを中心とした創作と比べると、文学としての価値がかなり劣るように思われる。その原因は、文学をも含めて芸術が本来、美や真、あるいは生の意味をそれ自体として追求する性格、すなわち自己目的的な側面をもっているにもかかわらず、この時期のシュナイダーにとって、文学が、彼の認識した真理や社会批判、自分の思想や信条を国民に訴えるための道具となったためと考えられる。当時を回想して、「私はある意味において召集されていました。文学の生から宗教的、歴史的存在へと決定的に召されていました」と書いているが、病弱で穏やかな性格の人であるシュナイダーが、歴史の中での自分の使命と責任を果たすために、ナチスの時代の厳しい情勢の中へと引きずりこまれていった。彼は後年、「ほんのわずかであれ何らかの意味で、支配的な権力に反対することができるという考えが私を支えてくれました」と謙虚に書いている。

(三) 非合法出版

一九四〇年一二月に評論集『権力と恩寵』が世に出る。これが最後の合法的な出版物となる。一九四一年に出版権を奪われたが、彼は非合法出版によって精神的な抵抗の声を発しつづける。しかし、それには多くの人々の協力があってはじめて可能になった。しかも携わる誰においても生命の危険が伴うために、すべては秘密裏に、厚い信頼のもとで行われなければならなかった。当時は出版が許可された書物にだけ紙が支給された。したがってまず紙を調達しなければならない。その紙は北ドイツで用意された。パルプを手配する友人がいて、それを印刷用紙に加工する友人がいた。中部ドイツのある小さな町で植字が行われ、鋳型はまた別の場所で作られた。出版を引き受けてくれたのは、アルザス地方コールマールの出版者J・ロスであった。危険を少なくするために、印刷年は一九四一年以前とされ、さらに一冊ごとに「絶版のため注文は無効」とする黄色い小紙片が貼られた。そして、ドイツ軍の従軍神父たちの手を経て当時としては実に夥しい数の出版物が前線の兵士たちの間に広がった。この出版社から出されたのはほぼ一二の小冊子で、一〇〇万をこえる部数が印刷されたと言われている。さらに、多くの人々の手でタイプや手書きで複写され、野戦病院や塹壕《ざんごう》の中、野営地や大都会の防空壕の中にも、さらに捕虜収容所や強制収容所の中にさえも届けられた。たとえば、ある体験者は次のように報告している。「東部の収容所の捕虜たちは、地面に横たわりながらこれらの文章を紙袋に書き写していた。他の者たちは、破り取られた数ページを鉄条網越しにこっそり手に入れることに成功したとき、自分は幸せ者だと思った。シュナイダーの言葉はそれほど大きな価値をもっていたし、それを求める人々の欲求は切実であった」。

読んだ人々はシュナイダーに手紙を書いた。感謝の手紙、悩みや苦しみを訴える手紙、助言を求める手紙であった。それらは、数千通にのぼったと言われている。シュナイダーは彼の病弱な体力が許すかぎり返事を書いた。しかしゲシュタポの度重なる家宅捜索を受けた彼は、ついにそれらを保管しきれずに処分したため今はわずかしか残っていない。

印刷用紙を手配してくれた友人のH・フォン・シュヴァイニヘンは一九四二年七月、シュナイダー宛の手紙で次のように書いている。「私は幾人もの青年にあなたが書かれたものを差し上げましたが、彼らの心はみな、詩人にして預言者であるラインホルト・シュナイダーによって満たされています。あなたの不思議な創作の背後には人知れぬ大きな孤独と幾千の苦痛がひそんでいますが、それらすべてにもかかわらず、シュナイダーを愛する人々が今日ドイツですでに何十万にもおよぶという事実は、あなたにとって一つの大きな幸せを意味するに違いありません。どれほど多くの人々があなたのすばらしいソネットのお陰で極めてつらく暗い時間を乗り越えることができたかは、あなたには想像もできないことでしょう」。

非合法出版がナチス当局の注目をひき、終戦間際の一九四五年四月、シュナイダーは「大逆予備罪」で訴えられた。そのとき彼は胃病の悪化のために病院に入院していたが、「移送不可能である」という医者の勇気ある発言のおかげで逮捕は延期され、間もなく同年五月八日に終戦を迎えたためかろうじて命を取り留めることができた。「永遠のために時代と闘う人間は、時代が彼を打ち殺そうとしても、それに甘んじなければなりません」という小説『カール五世の前に立つラス・カサス』の中の主人公の言葉を、彼は文字どおりに生きようとしたのである。このようなシュナイダーは、「火の真っただ中の証人」として、「抵抗と慰めと平和の人」として人々の記憶にとどめられている。

彼は何を訴えかけたのであろうか。その発言内容を、まず、ナチスの時代に書かれたソネットやエッセイ、省察や平信徒説教を中心にして考えてゆく。

(四) ただ真理の声で私はありたい

シュナイダーは「芸術と真理」というソネットの中で自分の人間としての、そして芸術家としての基本的な立場と生き方について率直に告白している。

ただ真理の声で私はありたい。
人間が作ったものでも経験したものでもないもの、
それを私はこの世の戦いで忠実に守りたい。
そのためにこそ私に時間が与えられているのだ。

真理はさまざまな姿の中に照り映えつつ
戦いながら現れ出ようとする。

困難な年月のなかで一つの生が真理の後を追えば、
その生の姿もまた清らかになるだろう。

かくて力強く天よりの光は形象の中に広がり
言葉はそれらを捉えるだろう、
言葉と真理が生の奥まで達しておれば。

芸術は断念の恵みによって最深の苦悩に触れる。
時間がそれを成熟させるだろう。
しかし心のみが心を燃え立たせるであろう。

シュナイダーにとって真理とは、ここでは端的にイエス・キリストのことである。キリストは具体的な人間の姿をとって、歴史の時間の中に降りてきた真理である。それは人間が発見したり認識したりする科学的真理とは次元を異にする真理である。この「主の姿の内なる真理」は、人間はいかに生きるべきか、あるいは社会はいかにあるべきかといった倫理・善悪の問題と関わるものである。それに対し科学的真理は、ひとたび発見されると、それを発見した人間が誠実であろうと不誠実であろうと、そのようなことはいっこうに問題にならない。発見された真理そのものは、人間的態度や生き方とは無関係に成り立っている。しかしキリストの内に啓示された真理(Wahrheit)は、人間に「真実な(wahr)」生き方を求めてくる。それは、先に引用した詩にもあるように、「人間が作り上げたものでも、経験したものでもなく」、人間の創造、活動、認識、共感、経験の能力を超えたところから、恵みとして啓示されたものである。科学的真理は、一定の知的能力があれば誰にでも認識できるものであろう。しかし「キリストがもたらしたもの(真理)は考量《こうりょう》(物事をあれこれ考え合わせて判断すること。)の対象ではない。また、賛成と反対の間で揺れる会話の対象ではない」とシュナイダーは言う。それは端的に実行を要求する。すなわちキリストに現れた真理は、キリストを尊敬し、キリストに信頼を寄せ、キリストのように生きることを要求する。したがって「真理を行う」ことは、「キリストを行う」ことであるという独特な表現を用いて言い表している。そしてこの真理は知的に認識できるものではなく、「われわれは真理を実行することによってのみ、真理を認識するであろう」。「われわれが彼のあとに従うかぎりにおいてのみ、キリストを見いだすことができる」。

キリストに現された真理がそのような性質をもつ真理であるかぎり、シュナイダーが望んだ「真理の声」であることができるためには、真理について語ることだけでは不十分である。真理は単に言葉として語ることによっては伝わらず、実際に真理を生きる具体的な姿を通して初めて伝わる。「キリストの前にあること、彼の現前にあってあらゆる言葉を語り、あらゆる行為をなし、あらゆる考えを抱くこと以外に、われわれは真実に生きる道を知らない。このキリストの現在はわれわれをも恐ろしい葛藤の中に立たせるであろう」。しかし「困難な年月の中にあって一つの生が真理の後を追えば」、その生は清められ、その生きる姿の中に照り映えながら真理が現れてくるであろう。「真理とは、キリストの内にある、キリストのための、キリストの前での、キリストの名による生である」。真理の声となるということは、シュナイダーにとっては、そのような生を生きることによって果たすことができるものであったと考えられる。またそのような生を生きた人間がつかみ取った言葉は、もはや具体的な一人の人間を超えた真理自身の声として、人の心を燃え立たせるであろう。彼が住んでいた住居の高い石塀にはめ込まれた記念板には次の言葉が刻まれているが、彼の生涯を表現するのに最も適切な言葉であると思われる。「真理の声のみが人の心に達するであろう。そして生きられた言葉のみが、人を動かすであろう」。

二　歴史の中の神の国

(一) 地の国と神の国

前回はおもにシュナイダーの非合法出版と真理理解について述べたが、今回は歴史観と、歴史の中におけるキリスト者の使命についての彼の考えを紹介したい。

シュナイダーの歴史観は、アウグスティヌスの『神の国』に代表されるキリスト教の伝統的な歴史理解に基づいている。人間の歴史は神の創造に始まり、アダムとエバの堕罪からキリストの出現を通って、復活のキリストの再臨による審判と救済へと向かって進んでゆく。そして、堕罪の日と最後の審判の日の間における世界の歴史は——これもアウグスティヌスの二元論的な歴史観を受け継ぐ形で——神の国と地の国（あるいはこの世の国）の併存と対立・抗争の場であると考えられている。シュナイダーは次のように書いている。「もしわれわれの目で、すでに真理の高みから歴史を展望することができたなら、神の国が人間の内なる諸力と戦っているのを、またこの世の深淵の力と戦っているのを目にするであろう」、「歴史は人間のもとにおける真理の働きであり、真理の敵に対する真理の働きであり、真理に対する敵の働きである」。

では、神の国とは何であろうか。シュナイダーはさまざまな表現で説明しているが、要約すると、それは真理に従う者の国であり、キリストの生に触れ、変化させられ、キリストの生の力によって養われた者たちの兄弟姉妹の交わりであると言える。それは敵のためにも自己を犠牲にするキリストの愛に基づく交わりであり、秩序である。したがって「神の国における生は、キリストに属する者たちの内に生きつづけるキリストの生である」と言い換えることもできる。それに対して地の国は、真理に背き、キリストに従わず、敵対し、自分自身を愛し、自分自身を求める者たちの国である。この世の諸々の力は、互いに自分の利益を求めて戦いを繰り返している。そのため、建てたものを再び互いに破壊しあう結果となるほかはない。キリストの国は平和であり、愛に基づく秩序であるが、キリストに敵対する者の国は闘争であり、憎しみに基づく秩序、暴力の支配である。「神の国の秩序は自由な人々の献身と神の律法への畏敬を基礎にして成り立つ。敵対者（悪魔）に秩序が残されていたとしても、それは秩序のゆがんだ像でしかないであろう。すなわちそれは、畏敬が結びあわさないもの、愛が一つにしないものを縛ろうとする強制である。悪魔の国は争いであり、強権の支配である。秩序からかけ離れた権力の支配である。悪魔にとって武器は法律であり、自分自身が目的であり、人間は手段である。悪魔の姿は彼に似た者たちのなかに分有されている。彼は自分が建てるものをこわし、自分自身と闘い、自分自身をむさぼるように食べる。そして憎しみと反逆の力をたずさえて再び姿を現す」。後に詳しく触れるが、シュナイダーはナチスの支配の中に、真理に敵対する国の最たるもの見た。

では、神の国とこの世の国の戦いはどちらの勝利となるのであろうか。いささか公式的に過ぎるが、シュナイダーにとって歴史は神の国の成熟と完全な実現へと向かう救済史であると考えることができる。人間の眼にははっきりとは見えないけれども、また時には敵の勝利以外は何も見えないことがあったとしても、歴史は最初から最後まで神の計画と導きのもとにあるというのが、この時期のシュナイダーの揺るがない信仰であるように思われる。「この世は、もしそれが神の計画と導きのもとにあるなら、神の国へと向かう動き以外の何ものでもない。離反もまたこの動きに仕えている」。歴史は確固不動の目標をもっている。そして到達したその目標から見て初めて歴史は理解できるものとなる。「信じつつ、もはや傍観するのではなく導き手を静かに信じつつ歴史を経験する者は、偉大な秩序が隠れた形で突き進んでゆく様子をはっきりと感じるであろう」。

シュナイダーが生きたナチスの時代は、文字通り敵の勝利以外は何も見えない状況にあった。後に述べるようにこの時代にあって彼が不可解な隠れたる神に苦しんだことも事実であるが、しかし厳しい状況の中にあって彼は歴史における神の計画と導きを信じ、国民にも神を信じ、希望をもって試練を乗り越えるようにと訴えた。少し長くなるが、シュナイダーが訴えたことを端的に表す箇所と思われるので引用しておきたい。ちなみに、これは彼の最も広く流布した小冊子で、五〇万部は出版されたと推察されている『主の祈り』からの引用である。「天におられる私たちの父よ。この低き地上を歩む私たちに、人生の試練を乗り越えさせてください。あなたは天を住処とし、あなたの本質は変わることがありません。この地上ではあらゆるものが変化します。過去の貴重な遺産が一夜のうちに破壊されます。私たちから友人が奪いさられ、思いもかけずに、平和の最後の谷の中へ限りない混乱が侵入してきます。深淵のもろもろの力が私たちに向かって立ち上がり、生のほとんどすべての領域を手中に収めます。真理と正義の虚像が歩き回り、われわれを正義と真理のもとから連れ去ります。憎しみが人間の本質を貶《おとし》めています。もはや誰ひとり、他のひとの魂の中にあなたの鏡像を認めることができません。それゆえにまた、誰ひとりとして、兄弟の言葉を理解できる者はいなくなりました。地は天に向かって蜂起し、自分自身の秩序を作りだすことができると考えています。それゆえあらゆる事物間の関係は狂っています。それらを上から吊り上げようとする力はもはや存在しません。地の事物はますます自分自身に固執しようと努め、ますます深淵へと落ちてゆきます。天におられる私たちの父よ。あなたはこれらの日々の目的地をご存じです。それらもまた、あなたの計画の中で場所を占めています。どうか私たちに固く信じる力をお与えください」。

これを第二次世界大戦後のシュナイダーの歴史解釈や未来展望と比較すると、その調子において大きな違いがあることに気がつく。大戦後から晩年のシュナイダーは、人類の未来に希望を見いだせなかった。相次ぐ戦争、東西の対立、相互報復による罪の連鎖、自己目的となった戦争、方向を見失った科学、そして核の脅威、それらの行き着く先にシュナイダーが見たものは人類と地球の破局であった。彼はいたるところに終わりを感じ、そして破局を前にして不安と恐れを感じた。彼は人類の未来に、「核によるホロコースト」を見た。彼は次のように書いている、「私は、戦争をなくすることができる、地上の血の流れを静めることができると考えている平和主義者たちを羨ましく思う。しかし私は知っている。戦争や戦争の叫びがますますどぎつくなり、ついには自然界の諸要素が熱のために熔け、地とそこに造りだされたものは燃えてしまうであろうことを」。

それに対して戦後の冷戦時代よりも現実ははるかに悲惨で過酷であったと言わなければならないナチスの時代にあって、シュナイダーの信仰はより明るい色調をもち、未来は開かれていたと言える。同じ『主の祈り』には次のように書かれている。「われわれは神を父と呼ぶことによって神にすべてを委ねる。すなわち、われわれの存在、われわれの焦燥、われわれの心配と期待、そしてわれわれの仕事を。子の生のなかで、父の慈愛にゆだねてはいけないものは何一つ存在しない。彼の助力を期待することのできないどのような苦悩も存在しない。祈ろうとするとき、われわれは上を見上げる。それはあたかも、われわれがこの一言を唇に乗せるか乗せないうちに、この一つの言葉に向かって、満ちあふれる光がわれわれの上に射してくるかのようである。今やすべては良しである。天はわれわれに答える。神はわれわれの父である。われわれは守られてある」。

神の国は、歴史の中にキリストが来られたときに始まった。それ以降、神の国は存在しつづけてきたし、今も存在している。そして、最後の審判の日に完全な形で実現するであろう。聖書に書かれているとおり、神の国を生み出すキリストの力は決してこの世の力に打ち負かされることはない。どれほどこの世の力が猛威をふるってきたように見える中にも、「聖なる光の痕跡が歴史を貫いて走っている」、「そして世に勝つこの力は、この世を打ち負かすために、そして新たにキリストの律法によって秩序づけるために、絶え間なくこの世に足を踏み入れようとしている。それは、われわれを通して、われわれの生きて働く信仰によってこの世に足を踏み入れようとしている」。だから、歴史の中で主の呼びかけに応えて生きよう、そして神の国を広め、強化するために戦おう、とシュナイダーは訴えかける。

(二) キリスト者の生とその使命

神の国と地の国の戦いは、まず一人の人間の心の中で起こる。どちらの側につくかは各人の自由に任されているが、必ずどちらかに決断しなければならない。いや、われわれが意識する、しないにかかわりなく絶えずどちらかに決断してしまっているとも言える。そして決断は各人の存在と生き方と行動に影響を及ぼすことになる。前者につく生はキリストと神の国に奉仕する生であり、後者につく生は自分自身と自分の自我を求める生である。シュナイダーは前者の生を、「主に従う生」、「キリストと一つなる生」、「十字架を見つめつつ自己を捧げる生」、「われわれの内で、われわれに代わって主が行動される生」等、さまざまな言葉で表現している。

各人は決断の結果を —— その全体的な大きさを知らないままに —— 自分の責任として担わなければならない。決断が時代と歴史にどのような働きを及ぼすかは、われわれには明らかにされていない。それは歴史の最後の日に明らかになるであろう。しかし決断が個人の魂に及ぼす作用については明らかにされている。つまり各人は戦いを貫いて自分の魂を守るか、あるいは戦いの中でそれを失うかのどちらかである。そこでシュナイダーは、誘惑者に負けることなく主に従うように、そして神の最も貴重な宝石である魂を、生涯を通して守り通すようにと国民に呼びかける。そして国民と共に神を見上げる。「あなた（神）はわれわれの手に魂、あなたの最も貴重な宝石である魂を与えられました。この人生の中で魂をふるさとにつれもどすことをほかにして重要なことは何もありません。たとえわれわれが煙と火の中、あらゆる苦しみと歴史のあらゆる恐怖の中、そして恐るべき誘惑の中をくぐらなくてはならないとしましても」。

各人の決断は極めて個人的なもので、それぞれの心の問題であると言える。しかし個々の決断が生み出す倫理的な力は、個人の生を超えて歴史の生の中へ再び侵入してゆく。そして歴史を造ってゆく。「人間が心の力に目覚めて神の方向を向くならば、今日、すべては変わりうる」とシュナイダーは言う。仕事の種類とそれに規定された生活の仕方は変化しえないとしても、仕事がなされる際の心の態度は、今この瞬間に変化しうる。そして、そのような変化が測り知れない作用をもっていることをだれが疑おうとするであろうか。〈どのように〉さえ変化すれば、仕事の性格も変化する。主のブドウ園での仕事以外の仕事は存在しない。その際、仕事の量の多少や、仕事の種類は問題ではない。要は生がどちらを向くかであり、主の方向を向いておれば、そこにすでに神の国は存在し、すべての働きは神の国の建設に役立っているのだとシュナイダーは考える。それゆえ、自分の働きは小さく見えても落胆することなく主のために生きることを彼は求める。「キリスト者の生は、時が来るまで忍耐強く待ちながら、人々の間で真理のために証をする生であり、……それは、熱い情熱をもってキリストの国のために戦う生である」。そしてシュナイダー自身は、ナチスによる戦争の年月において、神の国のために「精神的な救護業務」を果たそうとしたように思われる。

シュナイダーの信仰の大きな特徴は行為と密接不離に結びついた信仰と、不断の祈りからくる活動である。すでに述べたように、彼が出会っている真理は、それを信じることを求めるだけではなく、その真理を生きることを求める。すなわち人間の生をキリストの生と同じ形にすることを求める。したがって信仰と行為は紙の両面のように一つである。「この最も内なる形を受け取る人は、主と分かちがたく一体となって、神の国の到来である歴史の中で、この国のために戦うことを求められる。われわれに与えられる恩恵のすべては、このことを目指して与えられるのである。祈りと恩恵は行為のための人間を形作る。……宗教的生は、歴史における生活と行為の基礎である。明瞭に認識された、一定の任務を負っている、歴史の瞬間における生活と行為の」。

キリスト者にとって、祈りを欠けばキリストに従う活動は不可能になる。シュナイダーは文字通り祈りの人であったと伝えられている。彼は、教会に足を運んで祈ることを日課にしていた。それは旅に出ているときも変わりはなかった。祈りは――よくそのように誤解されるが――この世からの隠遁であったり、行為の断念であるのではない。祈りは行為のための人間をつくる。祈ることによって神の意志を知ることができる。また「われわれが祈ることによって神に近づけば近づくほど、ますます真理の力がわれわれの生の中に侵入してくるであろう。真理は、真理に呼びかける人間を捉えて、造りかえるであろう」。すべての関心が自己自身の方向を向いていた人間の内にキリストが生きて働いてくださる。すると、もはや「祈りと行為の区別はつかなくなる」、「存在と行為のすべては祈りとなる」。そのような祈りをシュナイダーは求める。またそのような祈りであって初めて歴史の中で働きをもってくると主張する。

シュナイダーは実に謙虚な人であったと言われている。同じ作家仲間のエルンスト・ヴィーヒェルト（1887 - 1950）は、「シュナイダーは人から後ろ指を指されることのまったくないほど〈神の内に休らい〉、〈永遠を信じて揺るがない。いや、それ以上のことを彼は行っているが、少しも高慢にならず、また自分の功績に数えることをしない」と語っている。

しかし個人の祈りの声は小さく、はかなく消えてゆくように思われるかも知れない。巨大な歴史の歯車が回転する中で、祈りに基づく個人の働きも押しつぶされるように思われるであろう。しかし祈っているのは自分ひとりではないことを国民に思い起こさせようとシュナイダーはする。神の子たちの声がわれわれの弱い声と一つになり、それを強めてくれる。聖書にあるように、だれよりも救い主自身がわれわれと共に祈ってくださる。シュナイダーは、主を中心にした祈りの共同体が形成されることを何よりも願っていた。そしてその共同体は社会を根底から変革することができると信じていた。祈りは歴史を形成する力であると信じていた。彼はこう書いている。

「われわれの祈りは地上に広がる。地全体が共に祈っているように思える。すると、静かな声は大きく荘重なものとなる。無限の天が開けるとき、地は父の慈愛のもとでヴェールを脱ぐであろう。光はすべての被造物を貫く。諸国民が共に祈るとき、この〈われらの父よ〉という一言はすべての関係を回復する。世界は神の手の中で組み合わされる。われわれは神の愛と結ばれている。それによってわれわれの愛も強められる」(『主の祈り』)。

祈る者だけが今なお頭上の剣を止めることができる。
そしてこの世を、聖《きよ》められた生で
裁きの暴力から奪い取ることができる。

シュナイダーのソネットやエッセーを読んだ人達から数千通の手紙が寄せられたとすでに書いた。それらは感謝の手紙、告白・懺悔の手紙、悩みや苦しみを訴える手紙、助言を求める手紙等さまざまであった。それらの手紙を通して彼には、この上なく深い苦悩の中から神に祈る共同体、神への帰還の途上にある国民が形成されつつあるように思われた。後年の自伝『曇った日』の中で次のように書いている。「ひそかに偉大な出来事が進行していた。……関係は目に見える行き来を必要としないほど強かった。それは汲めども尽きない潮の流れとなって押し寄せてきた。……

私はほとんど測り知れない確信に満たされた。私は思った。本当に神への帰還の途上にある国民を見ているのだと」。この感動的な体験は、シュナイダーを測り知れない希望で満たした。

戦争と暴虐の時代に平和が訪れることをシュナイダーは切に願った。そして平和の本質を、すべてを結びつけて一つにするキリストの愛の内に求めた。彼にとって、平和とはキリストの愛に基づく秩序である。キリストのおられるところに平和がある。それはすなわち、キリストの内に生き、活動し、存在する平和の人間がいるところではどこにでも平和は存在することを意味している。そして、そこにしか存在しない。この平和の境界線は、歴史におけるキリストの国の境界線に他ならない。われわれは、いわば、その国境に立っていて、いつも別の国の剣に脅かされている。特に今は、二つの国が火花を散らしながら激しく交戦する戦いの最前線に立たされていると言える。そのような中でキリストの平和を持つ人間は、「キリストの良き兵士」として働かなければならない。それが歴史の要請であり、キリスト者の使命であるとシュナイダーは訴える。

三　反キリスト

（一）　闇と災いと死とを見る

すでに述べてきたようにラインホルト・シュナイダーの唯一の願いは、キリストに現された真理を生きることによって、その証人になることであった。しかし、それはとても危険な仕事であった。彼が生をうけた世界は真理の光のもとにさらされて、その虚偽をあらわにされたからである。それはまた苦悩の道でもあった。生涯、多くの良き友と協力者をもっていた彼ではあるが、自伝の中で、「われわれの国民の中にあって天涯孤独であった日々があった」と語っている。

彼は早い時期から国民が間違った道を歩んでいることをはっきりと知っていた。すでに述べたが、ナチスが権力を掌握した一九三三年ごろ彼はベルリンで、ヒトラーを歓迎する民衆の熱狂を経験している。近くの家のラジオから、歓呼の声をあげる群衆を前にしたヒトラーの演説が聞こえてくる。その声に彼は、「怪物の勝利の雄叫び」、「ふつふつと沸き立ってくる権力の声」を聞き取っている。その後、ナチス政権を偽りの権力として捉える見方は一貫している。一九三七年、彼はあるソネットで自分の時代観を語っている。

みんなの眼が輝きを楽しんでいるのに、
私は、闇と災いと死とを見る。
勝利の中で破滅が脅かしているのを、
悪魔たちが偽りの栄光の衣装をまとっているのを見る。

キリストの真理は人の目を開き、真実でないものに対する感覚を鋭敏にする。そしてシュナイダーがドイツの未来に見たものは――預言者エレミヤが罪に罪を重ねる民に予見したのと同じように――闇と災いと死と破滅であった。そして彼は、自分が現実になってほしくないと心から願うことを預言しなければならないという孤独な運命を、やはりエレミヤと同じように担っている。連作ソネット「預言者」の中で次のように歌われている。ここで「お前」と呼びかけられているのはドイツ国民である。

もし私がお前に恥ずべきあぶくの言葉を語ったなら、
お前は私の言うことを熱心に聞くだろう。
しかし真理は私の心を貫き、
厳かに時と場所の中へと落ちていった。
わが口はお前の終わりについて痛ましい言葉を語る。
わが魂は没落ゆえに震えおののく。
これがわが運命。
死ぬほどの不安におののき、天に向かって両手を挙げる。
しかしそこはすでに真っ赤に燃え、打ち砕く剣が見える。

祈れども、私の歌は声を失い、むなしく消える。

もしもシュナイダーが時代に迎合する言葉や人々の耳に快い言葉を語ったならば、国民は熱心に聞いてくれたであろう。しかしそれはあぶくの言葉である。彼は旧約の預言者と同じように、自分の意思や願望を語るのではない。神の真理が差し貫くように彼の心に迫ってくるので、彼は民に向かって黙っていることができない。真理が彼をして語らせる。すなわち真理は彼をとおして「厳かに時と場所の中へ」と働きかけたことになる。彼は真理を今この時、この場所で伝える運命と使命を担っているのである。「神にしか証しできないことを証しせねばならない」。しかも、国民の終わりについて痛ましい言葉を語らなければならない。人々は浮かれ騒いでいるが、彼には国の滅びが見える。彼は愛する国が滅びないようにと天に向かって祈る。しかしそこは神の怒りで真っ赤に燃えている。神の裁きの剣が見える。滅びは押し止めようもなく、祈りはむなしく消える。

(二) 反キリスト

シュナイダーの友人たちが彼の身にとって最も危険なソネットと見なした「反キリスト」(一九三八年成立)という詩には、誰が読んでも、明らかに第三帝国の指導者ヒトラーが対象とされていることが分かるし、ヒトラーと彼を持ち上げる人々に対する痛烈な批判が読み取れる。

彼は主の姿を身にまとうだろう。
主の聖なる言葉を語り
自ら主の審判者を僭称し
民を力で押さえつけるだろう。

彼の叫びが響きわたると、司祭たちは
彼の足元で聖器を打ち砕くだろう。
芸術家と賢者たちは彼と痛飲し
芸術家の口から鳴り響くは彼への賛美。

彼の内からサタンが語っているのに、気づく者はいない。
彼の手におちた魂たちに彼は要求する。
彼のみごとな聖堂をめでよと。

彼が光のもとに天翔けようとするとき、
至高の天の雷光が彼を投げ込むだろう。
その出自の暗闇の中へ。

ヒトラーの登場を許し、やがて第三帝国の成立へと進ませる過程において、ドイツ人にとって屈辱的なヴェルサイユ体制、国際社会での不平等、経済恐慌と失業等、物質的・精神的苦難からドイツを救い出し、栄光のドイツへと導いてくれる救世主への待望が集団心理の底流にあったと言われている。そしてヒトラーはその心理を巧みに利用してのし上がってゆくのであるが、キリスト教との戦いがナチス政権の基本的要素の一つであったにもかかわらず、世論を味方につけるために真意を隠し、自分は神の摂理の道具であると称した。さらに、ナチス政権は「倫理生活の基礎としてキリスト教を保護してゆく」と約束し、「われわれは教会でもある」とさえ語った。しかしその政権は、強者による弱者の絶滅、人種差別、生活圏の拡大という民族エゴイズムのためには手段を選ばない非人間性と残虐性がその素顔であった。

(三) 悪の暴露

シュナイダーは、キリストに現された真理の側から現今の悪の支配の正体を暴くことを自分の使命と感じた。そして次のように語っている。「こんにち、自分の使命を遂行しようと思えば、われわれは深いところまで掘らなければならないことは明白である。真の現実を容赦なく暴露しないで済ますことは人間には許されていない。それゆえ具体的な悪を私に可能なかぎりの仕方で捉えることが、私の使命だと思っている」。

まず彼はヒトラーという悪を暴露し、痛烈に批判した。ヒトラーは自ら救世主であると僭称し、世界の審判者であるかのように振る舞っているが、真実の姿は権力をほしいままにする独裁者にほかならず、偽メシアであり、反キリスト、サタンの遣いである。「彼の内からサタンが語っているのに、気づく者はいない」。ソネット「駆り立てられる男」では、ヒトラーが「妄想に苦しめられ、妄想に身を固めた男」として登場する。彼は「国民の力を貪欲に吸い、激した国民の歓呼に包まれながら、火の車に乗ってやってくる」、「彼は時代の君主として、今日は人々を騙し、明日は自分自身が騙されて、よろめきながら立っている」、「額に群がるデーモンは、彼をその運命の奈落の底へと休みなく駆り立ててゆく」。

ナチスの造りだしている国はまさにサタンの国である。「今や妄想が粘土の宮殿を建て」、「狼狽した盲目の国民を、喧騒につぐ喧騒、祝祭につぐ祝祭へと駆り立てている」。粘土の宮殿を聖堂と呼び、それをめでよと要求する。にもかかわらず、聖職者たちはそれに気づかず——あるいは気づいていながら保身のために——真理と福音を貶《おとし》めることを平気で行っている(聖器を打ち砕く)。芸術家と御用学者や知識人は高らかに賛美の歌をうたっている。彼らにも容赦なくシュナイダーの批判は向けられている。

さらに、今までの幾つかの引用文からも分かるように、シュナイダーのエッセーや省察、平信徒説教の至る所に、時代状況を説明・解釈する言葉が出てくる。そしてそれらの多くは、おのずからにして鋭くて大胆な時代批判となっている。ここでは『主の祈り』の中から、そのような箇所を一節だけ引用しておく。「この世の国々が国民や権力者の眼の前に広がっている。それらの国々は、運命の険しい山の上にあって、深淵の君主（悪魔）の前に跪くことしか要求しない。あらゆる秩序は震撼されている。古き時代の権力者たちは死に、忘れさられてゆく。今まで一度もなかったような時代が来たように思われる。この世がそれらの国の主人になろうとしているのであろうか。今はその時代ではないであろうか。一度だけ世界はこの反キリストの輝きにつつまれる。すべての時代は何が賢明であり、何が可能であるかという判断において間違っていたのではないだろうか。実際に今、重要とされているのは、悪魔の神殿を建てること、そして悪魔の国を欲し、それ以外のいかなる国をも欲しないことではないであろうか。……信仰が死滅したあと、天の国はもはや夢以上の重みをもたなくなった」。

（四）抵抗の形

シュナイダーはテオドール・ヘッカー（1879 - 1945）やエルンスト・ヴィーヒェルトやヴェルナー・ベンゲングリューン（1892 - 1964）等と共に「国内亡命」のキリスト教作家とされている。彼らの文学に対しては、当時の社会的・経済的分析が欠落していたために国家社会主義政権に対して現実的で政治的な対立構想をもっておらず、ファシズムを単にサタンの支配と理解し、それに神支配の原型を対置したに過ぎないと批判されてきた。特にラインホルト・グリムは、キリスト教作家がその宗教性という面でヒトラーと親縁性をもっていて、彼らがナチスを弾劾するために選んだイメージ、特に反キリストというイメージによってヒトラーを称揚したのであると誹謗している。

しかしこれはいわれなき言いがかりでしかないことをもはや説明するにも及ばないであろう。ヒトラーの悪の支配の正体を暴き、偽のメシアをキリスト教のトポスに従って反キリストのイメージで弾劾したことが、どうしてヒトラーを称揚することになるのであろうか。確かにキリスト教作家たちは政治的・経済的な対抗構想をもっていなかった。しかしあの暴力支配の状況のなかでどのような新しい政治的・経済的構想を立てえたのであろうか。あるシュナイダー研究者は、「歴史の中で人間についての新しい理解を求めての彼らの戦い、虚偽を克服することによって平和を打ち立てようとし、人間の心を変えようとした意思は、政治的にけっして重要でないわけではなかった」と評価しているが、われわれもその評価の方が正しいと考える。

誌面の都合上、次回に述べることになるが、シュナイダーは、自分に可能な抵抗を実践しつつ、「行為しても悪、行為しなくとも悪」という二つの悪の選択しか残されていない状況にあることを知らされ、裸の十字架の前に立ちつくす。そのような時代認識という点ではボンヘッファーと共通点をもっている。ボンヘッファーは、今や、かつて倫理上の判断を可能にした理性・原理・良心・自由といった尺度がまったく使いものにならない時代になってしまったために、「善か悪か」という単純な二者択一はもう不可能であると考えた。そして、国家がそのあるべき姿から逸脱して人々の権利を奪い、暴虐を働いたとき、教会のなすべきことの最後の可能性として、「車にひかれた犠牲者に包帯をしてやるだけでなく、車そのものを停める」行動にでることがありうるとした。そして巨大な歯車を停めるために、ヒトラーの暗殺という悪（殺人の罪）を選択した（村上伸『ボンヘッファー』参照）。

シュナイダーは暗殺計画には加わらなかったけれども、戦後の講演で、一九四四年七月二〇日の暗殺未遂事件に関与していた人々の「良心の決断」に深い理解を示し、彼らの死を気高い犠牲として称えている。シュナイダー自身は、クライザウ派と呼ばれる抵抗運動のグループに属していた。この派は、キリスト教を中心とした民主主義的な連邦共和制をきずくことを政治理想としていた。そして一九四二年のスターリングラード等でのドイツ軍の敗北によりドイツの敗戦が濃厚になってからは、彼らの関心の重点は、ドイツの破局をどのように収め、戦後のドイツをどのように建て直すかに移っていた。いずれにせよシュナイダーの基本的態度は、どのような悪や罪に対しても、キリストの真理と平和をもって臨むことであった。彼は非暴力の力と贖いの力を信じた。「報復ではなく贖いが平和の基礎となる」。この考えは生涯を通じて一貫している。

シュナイダー自身、ナチス時代のキリスト教界の態度と自分の抵抗活動の不十分さを批判し、自伝の中で、一九三八年秋にユダヤ人の教会と商店が襲撃されたいわゆる「水晶の夜」についてこう書いている。「シナゴーグが襲撃された日に、教会は兄弟愛の態度を取ってシナゴーグに姿を見せるべきであった。それが起こらなかったことは決定的なことである。しかし私自身は何をしたのであろう。焼き討ちや略奪や残虐行為について聞いたとき、それに反対して抗議する勇気はなく、書斎に閉じこもってしまった」。

しかしそれは彼の謙虚な反省の言葉であって、事実は、何年もの間、強制収容所の中で命を落とす危険や、犯罪者として処刑される危険のうちに生きていたと言える。上記の国内亡命の作家たちは、戦後、ナチスに対する自分たちの勇敢な抵抗について、つつましい言葉でしか語らなかったことにおいて共通している。

先に挙げた「反キリスト」を収めた詩集はナチスに大逆予備罪で告訴する切っ掛けを与えることになった。すでに述べたように、そのようなシュナイダーについて、ある人は「ドイツの良心」

と呼び、またある人は「歴史の最も悪しき時代に現れた最も不可欠な人間」、「人生の規範」と呼んでいる。

四　裸の十字架の前で

(一) 裸の十字架

先にわれわれは、ナチス時代と戦後のシュナイダーを比較し、ナチス時代の方が、現実ははるかに過酷で悲惨であったにもかかわらず、彼の信仰は明るい色調をもち、未来は開かれていたことを指摘した。歴史の背後に神の支配があり、キリストの勝利が約束されている。しかしこの世において神の支配とキリストの勝利が、さらにはキリストに現された愛がどのような姿を取るかを問題にすれば、ナチスの時代の彼の信仰も、その明るい色調も陰りを帯びる。シュナイダーの信仰は、キリストを信じたら安心立命の境地に達するとか、絶えずキリストの内に喜びと平和、希望と力を見いだして揺るがないというものではなかった。あるいはむしろ次のように言えるのかも知れない。彼は確かにキリストの内に喜びと平和、希望と力を見いだしていたのだが、他の人々や被造物、国家や時代との関わりの中では、彼の生を、十字架にかかって苦悶するキリストの姿に近づけたと。それがシュナイダーの信じるキリスト教であり、そこに彼の信仰の深い本質が隠されている。

前回述べたように、ナチスの時代に、人々は浮かれ騒いでいたが、シュナイダーがドイツとドイツ国民の未来に見たのは神の裁きと滅びであった。しかし、それればかりではなく、事態はさらに過酷で、国民は絶対に解けない矛盾の中に追い詰めれていた。彼は自伝『曇った日』の中で、友人のヨッヘン・クレッパー（1903‐1942）が召集されたときに語った「私たちはみな、神の前に殺人者だ」という言葉を思い起こしている。召集された兵士は、戦場で敵を殺すことを命じられる。その兵士の良心の苦しみをシュナイダーは身につまされる思いで次のように書いている。「兵士は、（戦場において）行動しても、あるいは行動しなくても罪を犯すことになることを知りつつ個人的に決断しなければならない。自分を相手に殺させれば、その相手を殺人者にしてしまう。自分が相手を殺せば、自分が殺人者となる」。またシュナイダーは、あるベルリンの若い友人についても言及している。彼は召集されたが、まったく兵士には向いていなかった。それゆえ上官たちは彼に厳しい態度をとり、東国出身の若い娘を射殺することを命じた。「彼は命令にしたがった。その後、彼は自殺を遂げた」。ちなみに、シュナイダー自身は数回兵役検査を受けたが、病弱ゆえに兵役義務を免れた。しかしもし徴兵された場合は拒否する決意を密かに固めていたと言われている。

しかしそのような解くことのできない矛盾という問題は兵士だけのものではない。さらに『曇った日』の叙述にしたがえば、そのような事態をより一般化して次のように書いている。「今生じている事態を是認する人間は、たとえ彼が（個人としては）あらゆる悪を厳しく批判する人間であっても、この事態に対する同罪を免れることはできない。他方また、それらを是認しない人間は、どのように生きればよいのであろうか。事態を拒否した場合も、罪を新たに呼び起こすことにならないであろうか。なぜなら、われわれが神からこの世の管理を委ねられていることは疑えないことだからである。ところで責任を取ることができないことに対しては責任が取れないので管理することがもはや不可能である場合に、どのような管理がなされるべきであろうか。私は自分が裸の十字架の前に追いやられるのを知った。そしてその場所に立ち尽くしている」。

ここでシュナイダーは個人の罪と同時に、国家あるいは組織の罪という現実の前に立たされている。彼は権力の誤用や絶対化を「権力の悪魔化」と呼んでこれを忌避している。しかし、文明への不信からあらゆる組織体を否認するレフ・トルストイ（1828 - 1910）や、「権力はそれ自体悪である」と考えるヤーコプ・ブルクハルト（1818 - 1897）の考えは退けている。権力はキリスト教において決して悪あるいは無価値なものにされているわけではない。むしろ、権力は神によって人間に委ねられたものであり、これを管理することを求められているのである。したがってキリスト者は権力を忌避するべきではなく、これと積極的に係わるべきであるとシュナイダーは考えている。しかし今起こっている事態に対しては、責任を取れるような形で管理の任務を果たすことができない。それゆえ、事態を拒否しても罪をおかすことになる。

シュナイダーがこうした事態と、そこに立たされた人間の運命をどれほど苦しんだかはわれわれには想像することもできない。彼は裸の十字架の前に追いやられ、そこに立ち尽くすことになる。さらに彼は、この事態を招いたことに何の責任もない人々の死や苦悩という不条理に苦しんだ。たとえばI・ツィマーマンのように、シュナイダーは防空壕の中での子どもや母親や老人の苦痛に満ちた最期、強制収容所の中の押し殺された叫び声、無数の若き兵士たちの死といった不条理な経験を生涯克服することができず、それが晩年の、隠れたる不可解な神に苦しむキリスト教につながっていると指摘する研究者もいる。われわれにもそれは正しい推測であると思われる。

ところで、自伝『曇った日』にはさらにつづけて、「私はこういった事柄を無きものとして済ませたくない。もしそうしてしまえば私は時代の意味と厳しさから、そもそも歴史の悲劇から逃げ出すことになるだろう」と書かれている。時代が抱える問題がどれほど過酷であっても、そこから逃げ出すことは許されない。なぜなら人間はまさにその過酷な問題によって呼び出され、それによって人格が細部にわたって形造られるからである。生が時代の表現とならなければならないのである。

彼はまた、過酷な現実の中におかれている人々を彼岸の救いによって慰めたり、現実から逃避させたりすることはしない。彼の信仰は、マルクスのいう意味での阿片から程遠いものであった。

むしろ極めて比岸的であると言える。彼はこう書いている。「地上的なものと天上的なものとの分離は許されない。なぜなら、重要なのは、神によって命じられたことが地上で、歴史の中で、全人と全存在によって果たされることだからである」。

(二) 今は恵み豊かな時

ところが、一方で彼は、自分が今生かされている圧政と暴虐の時代を、祝福の時、あるいは恵み豊かな時と呼んでいる。しかもこのような発言はかなり多くの箇所で見かけられる。たとえば、ある平信徒説教の中で次のように語っている。「主よ、比べようのない闇が私たちの周りにそびえています。心が凍結してしまいそうな途方もないことが生じています。私たちは知っています。私たちが聞き取るものは究極のものではありません。私たちに理解できない出来事の背後であなたが支配しておられます。私たちは知っています。私たちにはまだはっきりとはその意味は分かりませんが、今は恵み豊かな時です。今や救いの日です(IIコリ6・2)。この闇の中へ導いた悪事が何と途方もないものであったか、そのことを私たちは今人間の上にのしかかっている苦しみで測ることができます。時代の混乱に対して明らかに責任のない人々の死で測ることができます。もしこの償いが求められたら、罪の重みはどれほどか恐るべきものであるに違いありません」。この事実を前にして、今は恵み豊かな時だと、どうして言えるであろうか。彼は次のように語る。「たとえ何がおころうとも、それがどれほどわれわれの意に反するものであれ、……歴史のあらゆる箇所に救済が隠されている。……いかなる出来事も恵みが働く新たな可能性をもたらすということ、これがあまたの秘密の中の最も深い秘密である」。そればかりか、シュナイダーの表現によれば、「最も恐るべきことがわれわれに近づけば近づくほど、それだけますます愛の最高の勝利の時も近づく」、あるいは、「神の国は、最も恐るべき罪が生じた世界に入り込もうとするのであり、罪が犯される時は約束の時でもある」。なぜこのような逆説が成り立つのであろうか。それは、他ならぬイエス・キリストが十字架につけられたゴルゴタの丘で赦しの言葉が発せられたからである。愛は、罪の現実の中では必然的に苦悩・共苦の姿をとる。そして愛は純粋であればあるほど苦しむ人のためにより多く自己を使い果たすこと（自己犠牲）になる。神の愛は人間の罪と苦しみのために苦悩するキリストの中にあらわれている。そしてゴルゴタの丘における悲劇の十字架は、その神の愛の極限の表現であった。

また『主の祈り』では、「悲劇の十字架が生と歴史の上方に立っている。……人間をこの悲劇へ導くことを、その本質とする時代が存在するのかもしれない」と書いている。そして、彼が生かされていた時代は、まさに人間を十字架の悲劇へ導くことを本質とする時代であった。そこに時代の意味があった。複数の可能性のうち、どちらに決断しても罪を犯すことになるという状況の中で、「われわれは決断しなければならない。一つ一つの決断はわれわれに傷を負わすに違いない。

そして傷はわれわれの愛の中に深く食い込んでくる」。したがって、この時代は一人一人の人間の生がキリストの犠牲死に近づくことを求めているのである。キリストの生と同じ形を取ることを。そして、自分の生がキリストの生と同じ形になることが彼の生の究極の目的であり、意味であった。「真の司祭であるキリストの生が犠牲であったのと同じように、われわれの生を犠牲であらしめてください」とシュナイダーは祈る。

彼は次のように国民に語りかける。かつてない厳しい時代の中で、キリストの後を追う人間は深く苦悩するが、そのことを通して、苦悩の本来の姿は十字架なのだという認識を与えられる。するとどのような苦悩をもキリストと共に担う十字架として担うことができる。したがって、この時代のさまざまな矛盾は、われわれを救う十字架を形作るためにのみあるのかもしれない。苦悩と犠牲の存在するところにはキリストが存在しておられる。それゆえ、人々はキリストにあって苦悩を通して結ばれるであろう。そして人々の生活は、愛の力のもとで秩序づけられるであろう。神の国は犠牲の国としていつも近くにある。苦悩する人々の傍らにいつもある。いや、われわれはすでに愛の国の前に到着しているのだ。そして、時代の暴力のもとで祈れなくなった人々、また裁きと祝福のこの恐ろしい時代にあって神の国の敷居の近くで死んだ人々のために執り成し、さらに、キリストの敵対者が神の慈悲から除外されることのないようにと懇願する。

シュナイダーは一九五四年の論文『権力の本質と管理』の中で、国あるいは組織の罪をテーマにして次のように書いている。「自分が欲しなかったことを行うという犠牲、罪へと引き渡されること、われわれの時代の恐ろしい罪に引き渡されることは、十字架として、汚れていない手より以上の意味をもっているのではないであろうか。この問いに誰が決定を下そうとするであろうか。この葛藤からくる苦悩があるところに、少なくともまだ主に対する畏敬の印が存在している。そして、もしかしたら、これらの印が歴史の流れの中で期待しうるすべてであるのかも知れない」。

シュナイダーは聖人について「彼らの任務は人々の前でキリストの現在（現に存在すること）の力を保証することである」、「彼らは隣人と教会とこの世に対する愛の配慮によってどれほど自分をすり減らしたか知れない」、「聖人は歴史の衣服を身につけていた。彼の時代の特別な苦悩を身につけていた。その苦悩を克服するために彼は召しだされていた」、「不可解な摂理のもとに天が閉ざされているように見えた。……その恐るべき現実は彼らを主に似た者にした」と述べているが、それらの言葉がすべてシュナイダー自身にも当てはまると言っても決して過言ではないであろう。

時代の現実を見れば、そこには絶望だけがあって、希望はどこにもないように思える。しかしシュナイダーが一箇所だけ希望を見いだした場所がある。それは罪の深まりの中でいっそう赤裸々になるキリストの十字架であり、時代の罪と諸矛盾のなかで苦悩した人々の深い苦悩、すなわちキリストの後を追って担った十字架である。そこに神の国が始まっている。そこに希望の光が射している。「預言者」という連作ソネットの一つで彼は次のように国民に呼びかけている。

愛は苦悩と共に現れ、
私に語らせ、私を生かした。
民のために祈る人々の密かな合唱に応えて
恵みがためらいながら降りてくるのが感じられる。

おじけるな、主はお前を天に導かれる。
罪に目をとめよ。主はそれを赦されるであろう。
私の国、私の民よ！　秋の蔓が機を織って、
大きく開いた暗い苦痛の門を塞いでいる。

私は声に過ぎなかった。私は吹き消されるに違いない。
お前の最も困難な日々の深淵の中で
この貧しい言葉を語れと命じられた私は。

だがお前は悪霊の攻撃を切り抜けるだろう。

お前の聖人たちの勇気、母たちの嘆き、
お前の途方もない苦しみ、そして死者たちと引き換えに。

この詩にはシュナイダーの信仰の真髄が表現されていると思える。シュナイダーは絶えず心身の病に苦しみながら生き、終始かわらず病気と苦悩の意味をたずね求めた。そして病と苦悩についての含蓄ある彼の言葉は、われわれの心にしみいり、深い慰めを与えてくれる。ここでは詳しく述べることはできないが、彼にとって病はキリストに出会える場所であり、愛は、それが真実なものであればこの世で必ず苦悩という形を取る。この詩においても同じことが読み取れる。神の愛は苦悩という姿をとってこの世に現れ、その愛が「預言者」を生かし、語らせた。預言者をはじめ国民のために祈る人々の祈りに応えて恵みが降りてきて、天国の門が開かれる。そして自分の罪を知り、悔い改める人間は主に罪を赦されて天へと導かれる。その時には苦痛の門は閉ざされることになる。いやすでに、秋の蔓が壁や塀の穴を塞いでいるように、時の終わりに近づいて、苦痛の門が塞がれようとしている。救いは間近だ。そのようななかで、私は、ただ「お前の最も困難な日々の深淵の中で」神によって語れと命じられて語ったに過ぎないから、問題ではない。しかし、お前たち国民は試練の時を切り抜けるであろう。それは、「聖人たちの勇気、母たちの嘆き、お前の途方もない苦しみ、そして死者たち」のおかげなのだ。すなわち愛と一つである苦悩のおかげなのだ。

(三) 罪責と償い

ドイツの敗戦後まもない一九四五年七月、シュナイダーは「破壊されざるもの――若者たちへ」という講演のなかで、次のように語りかけている。「国民の生活には贖罪《しょくざい》のみが唯一可能な態度であり、またそれが国民の歴史的行為となる時期がある」、「みずから改心する者のみが、世界を改心させる力となりうる。変革を果たした者から変革する力が放射する」と。同年8月には、フライブルクの大司教コンラート・グレーバーに意見書を送り、カトリック教会に対しても、ユダヤ人迫害と戦争に対して取った態度に関して全体的で明白な罪の告白を要求した。しかし大司教は、「ナチスの時代に生きたすべての人間が区別なく同じ仕方で罪を犯したと言明することは正しくないであろう。……なぜなら、それはドイツ人を固定した尺度で図式的に測ってしまうことになるからである」と答えて、シュナイダーの要求に応じなかった。

告白教会のリーダーとして一九三七年以降一〇年間、強制収容所に入れられていたマルティン・ニーメラーは、一九四六年一月にエアランゲン大学で、ドイツの精神的革新のために、ドイツ国民が誰一人として罪を免れないことを認めるべきだという趣旨の演説を行った。そのとき学生の間から抗議が湧き起こり、演説が妨げられたと言われている。ユダヤ人を妻としていたカール・

ヤスパース（1883 - 1969）は、ナチス政権下で国内亡命と沈黙を強いられるなかで研究を深め、戦後、次々とその成果を世に出したことで知られている。彼は一九四五年の秋学期、ハイデルベルク大学で「罪責問題」という題目で講義を行い、ナチスの指導者や活動家の刑法上または政治上の罪とならんで、国民ひとりひとりの道義上の罪を指摘した。学生たちは、大学の講堂を埋め尽くして、この講義を傾聴したが、後に書物になった『罪責問題』は、ドイツ国民の無関心を装った冷たい視線を浴びつづけ、彼の著作のなかでは、わずかな人たちによってしか読まれなかった。このように国民に罪の自覚と償いを求める彼らの訴えは一般的には聞き入れられず、ドイツ連邦共和国は、戦後十年近くの間、復古主義と過去の忘却の時代として推移することになる。過去に犯した罪を第一の罪とすれば、その罪を認めないことを第二の罪として問題にされるまでにはかなりの時間を要することになる。罪責問題に関して、シュナイダーとの関連で、西ドイツの初代大統領のテオドーア・ホイス（1884 - 1963）について少し言及しておきたい。ジャーナリストで政治学者であるホイスは、ヴァイマル共和国の時代、ドイツ帝国議会の議員であった。一九三三年、アドルフ・ヒトラー内閣が提出した全権委任法に賛成票を投じた。以降ナチスの一党独裁を許すことになった法律である。ホイスは党の方針に従って賛成票を投じたのであるが、彼は、この行動を生涯の悔いとして生きることになる。その後、ジャーナリストとしてナチスを批判する記事を書きつづけたため、発行していた雑誌は一九三六年に発禁となり、大学講師の職をも失う。

一九四二年には、ドイツのすべての新聞に対して彼の記事を掲載することを禁じる指令が出された。戦中・戦後を通じてホイスはシュナイダーの愛読者、良き理解者であり、この抵抗の詩人を終始高く評価した。東西冷戦の状況下にあった一九四九年、シュナイダーは軍事的な敵対関係とは異なる東西関係、すなわち東西の精神的な対話を求めて東ドイツの雑誌に三編の記事を投稿した。このことがきっかけとなって彼に対するさまざまな誹謗中傷が始まった。新聞や雑誌との関係を絶たれ、ラジオの企画からおろされ、彼の書物も出版されなくなった。そのようななかでホイスは、シュナイダーを公然と弁護する立場をとった。ところで時代は遡るが、第一次世界大戦のとき、ヘルマン・ヘッセ（1877 - 1962）は、国民がこぞって好戦的で戦意を高揚させていたとき、「そんな調子はよそう」と冷静になるよう国民に訴えて、批判の嵐にさらされた。そのときヘッセを弁護したのが、このホイスであった。彼は一九四九年に初代大統領に選出され、二期十年間務めた。ドイツの大統領は首相にくらべて与えられた権力は弱く、ドイツの顔として信望の厚い人が選ばれるのが通例である。一九五三年、ホイスは、ベルゲン＝ベルゼンの強制収容所（アンネ・フランクが命を落としたことで有名）の跡地に建てられた警告の碑の除幕式に自ら進んで出向き、大統領として「ドイツ人によって犯された犯罪」を認めた。

第2章　人格の衰退とその回復

一　現代性の意識

日本人にとって歴史とは「つぎつぎになりゆく」ものであり、個人の歴史に対して取るべき態度は、「なりゆくいきほひ」を見抜いて、それに逆らわぬことであるという丸山真男《まさお》（1914 - 1996）のショッキングな言葉を初めて読んだのは、四半世紀ほど前のことである。それ以来、この言葉は頭から離れることはない。さらに加藤周一は、丸山の言説を肯定するかたちで要約し、次のように述べている。「本来此岸的で、超越的価値を含まず、集団への個人の高度の組み込まれを特徴とし、……時間的には過去・未来の完結性よりも現在を重視する日本の土着世界観は、丸山の指摘したように政治意識や歴史意識にあらわれるばかりでなく、……美学的領域や日常生活における行動様式の全体にもあらわれる」。

アメリカ大統領にトランプ氏が選出された直後、日本の安部首相は急遽駆けつけて、「たがいに信頼関係を築ける」と語った。それに対して、ドイツのメルケル首相は、「民主主義、自由、法の支配などの基本的価値と、宗教、肌の色、性別など個人の尊厳を尊重するという前提の上で米国との関係を強化していきたい」との声明を出した。安部首相は、丸山の言葉を見事になぞっていることに驚かされる。「なりゆくいきほひ」を見抜いて、それに逆らわない。此岸的で、超越的価値を含まず、時間的には現在を重視する態度である。そしてそのような首相の態度を大多数の国民は肯定しているように見える。日本は過去である。そしてそのような首相の態度を取る。戦後七〇年経っても何も変わっていないのの罪過を繰り返す可能性は極めて高いと言わざるをえない。私をも含めて日本国民が過去の過ちを繰り返さないために、歴史意識を〈なりゆくものから作るものへ〉変換しなければならない。そのためにどうすればよいのかというのが私の長年の宿題である。

そのために、まず、今という時代の歴史的・社会的状況を読み解くことに努め、それを表現することが重要である。田中邦夫氏が雑誌『共助』(二〇一六年第8号)に書いているような意味での「現代性の意識」ないし「同時代性の意識」が求められる。それを彼は、「自らの生きる時代に対して、唯一無二のかけがえのない〈この日この時〉として、人格的に正対しようとする姿勢」と言い換えている。森明(1888 - 1925)が人並みはずれた現代性の意識をもっていたという氏の指摘は正しい。また、私の研究対象であるラインホルト・シュナイダーも森に優るとも劣らない現代性の意識をもっていた。彼は民衆がヒトラーの演説に熱狂しているなかで、そこに偽りの権力の声を聞き、時代を洞察し、それを表現した。そして身の危険を省みず、抵抗の声を挙げつづけた。なぜそうすることができたのであろうか。それを可能にしたと思えるものをいくつか挙げることができるが、その核となるものは、第一に、苦悩の体験を通してキリストに出会い、苦しむ人と共に苦しむ人に変えられたこと。そして弱者の立場から歴史と時代を見る視座があたえられたことである。第二には、信仰によってキリストに従い、自分の生をキリストの生と同じ形にすることを祈り努めたことである。そしてキリストの生は、単に個人的な次元の生ではなく、愛に基づく交わり（神の国）を作り出す生である。さらに第三には、後に詳しく述べるが、キルケゴールのいうキリストとの同時代性（同時性）を生きようとしたことである。

今回の話は、現代という時代を読み解く試みの一つである。この時代を人格の衰退という側面から考えたい。

二　人格の衰退

まず大学で長年熱心に教育に携わってきた友人の言葉を紹介したい。「近年多くの大学教師が自分の教える学生に対して愛着が持てなくなっている。……彼らの過半は、一言でいえば、『精神』という背骨を紛失した軟体動物のような存在である。彼らの学問的関心の薄弱さ、独立独歩の人間として生きる気概の欠如は実に徹底したものだが、日常の振る舞いを見ても、おそらく三人に二人は、教えを受けている教師に挨拶一つせず、また、大人としての口の効き方も知らない傍若無人の輩である。……卒業に必要な単位取得のための最低限度の勉強しかせず、アルバイトと麻雀に明け暮れ、ゼミナールで発表者に決められていてもたいして理由もなくすっぽかし、人の自転車を無造作に乗り捨て、試験の際には隙あらばカンニングをする。……それ故、いま大学生を日々相手にして、彼らに対する愛着と敬意とを失わずに教育活動を続けていくには、人生の意味や時代状況に対するよほど深い洞察と、教師という仕事に対する揺るぎない使命感を持った人でなければできることではない」(武田修志『大学の片隅で』)。

ここに見られる学生に対する厳しすぎるとも思える表現は、教育に対する熱意が吐露させたものと言える。私は、彼に会うたびに、なぜこれほど教育に情熱を注ぐことできるのか、また一人ひとりの学生に誠実に向き合えるのかと不思議に思った。彼は四〇代の中ごろに、研究と教育の板挟みに悩み、次第にやせ細っていき、このままでは病に倒れると思い、教育に専念する決心をしたという。ちなみに大学の教員がそのような決心をするのは、昇進にもかかわるため容易なことではない。私はそのような彼に深い尊敬の念を抱いている。

各大学により事情は異なるが、彼の批判は、かなり的を射た指摘であると思われる。学生に見られるこのような現象を、彼は人間性の低級化と呼んでいるが、私は人格の衰退と呼ぶことにする。

この人格の衰退は、若者だけではなく、大人にも当てはまるのではないであろうか。若者は現代の問題性を、先鋭化したかたちで反映している場合が多いからである。事実、政界と経済界では耳を疑うような不正、虚偽、狡猾、私利私欲、傲慢無恥がはびこっている。

三　人格とは

「人格」という概念を定義するのは難しいが、系譜的に次の二つに整理できる。

定義〔一〕　人格の本質あるいは原像といえるものが生まれながらの自己の内に刻印されているとみなし、自己の資質ならびに知・情・意の能力を偏ることなく全的に調和をもって開花させることによって人格は完成すると考える。これを代表するものは、ソクラテス、ルネサンス、ドイツ理想主義の人間観である。

定義〔二〕　キリスト教の人格観である。神は自分の姿に似せて人間を創造したとされるが、それは神の語りかけに応える者として――すなわち神の愛と信頼に対して愛と信頼をもって応える者として――造られたことを意味する。神との対話のうちで人間は人格となる。ここでの人格の成立ないし形成は、前者のように生まれながらの人間存在を肯定した形で生じるのではなく、人間の全存在の否定をくぐりぬけて生じる。神と人間との関係は人間の罪によって遮断されているからである。その遮断を取り除くために、神はその独り子を世に送り、十字架につけて罪の贖いとされた。その罪の贖いを信じ、神の愛を受け取ることを通して、自己自身しか愛せなかった人間が、神を愛する人間、そして他者を愛することができる人間に変えられる。「自己のための存在」から「他者のための存在」への転換が生じる。少なくともその可能性が開かれる。神との愛による交わり、そして他者との交わりのなかで私たちは人格となる。

上記二つの「人格」に見られる共通点として次のものを挙げることができる。①人格はそれ自体が目的であり、いかなる意味においても手段に貶められてはならないこと。②人格は他者と出会い、交わることで初めて目覚め、動き出すということ。③心や魂が人格を成り立たせる重要な要素であること。④その判断と行動は、自由な意志に基づくものであって、強制によるものや、機械的なものではないこと。⑤自由な意志に基づく決定には責任が伴うこと。

四　人格衰退の原因

人格衰退の原因として、まず社会構造上に由来するものをいくつか挙げることにする。①ドイツの社会学者F・J・テンニエス（1855 - 1936）は、社会構造が自然発生的で内面的なつながりのある共同体（ゲマインシャフト）から実利的・打算的な契約関係を特色とする社会（ゲゼルシャフト）に変化したことを指摘した。ここでは人間は利益を生むための手段となる。②Ｋ・マルクス（1818 - 1883）は、資本主義制度により、搾取と対立、および人間疎外が生じることを明らかにした。労働者は生産のための手段となり、また限られた能力の熟練が求められるため、人間として畸形になり、自己実現の可能性を失う。マルクスの疎外論は、上記の人格の定義〔一〕が前提となっている。③Ｅ・フロム（1900 - 1980）は、近代においては、「在る」という存在様式から、「持つ」存在様式へと変化したと指摘している。人間は「何を持っているか」で評価され、「どのような人間であるか」では評価されなくなった。④バーチャルな世界の拡大により、人間は、物や人と直接関わることが少なくなった。⑤近年は、資本主義がグローバル化するなか、さながら資本が絶対的な権力者のように、個人、社会、国家等から自由な選択と活動を奪っているように見える。日本では、非正規労働者は、三六パーセントを超え、消耗品のような扱いを受けている。⑥スマホ等の普及により匿名の世界が一挙に広がった。直接顔と顔を合わせて関わらないために無責任な書き込みが横行し、誹謗中傷によって人の存在自体が抹殺されている。内田 樹氏が「呪いの時代」と呼ぶほどに、ストレスや不安で鬱屈した人間同士がののしり合っている観を呈している。⑦教育は人格を形成するという本来の目的を忘れ、人材を育成するものとなり、人間を矮小化、一面化している。知識の詰め込みに傾き、思考力や判断力を養うことができていない。日本の教育は概して「失敗することを恐れる、萎縮した人間」「上に立つ者や権威に従順な人間」を生み出してきたように思われる。⑧医療制度が人間の死の迎え方を一様化したため、R・M・リルケ（1875 - 1926）というドイツの詩人が指摘しているように、個性的な死、成熟した死の姿が見られなくなった。心理学者のS・フロイト（1856 - 1939）は、今でいう緩和ケアを拒んだと言われているが、その理由は、喜びも悲しみも苦しみもあるがままに体験して初めて人間に成りうると考えたからだと思われる。シュナイダーは、腸閉塞の痛みに苦しんだ。しかし彼は、大学病院で再検査を受けるようにとの友人の助言には従わず、痛みをかかえながら生きる方を選んだ。いささかなりとキリストと苦しみを共にしたいと考えていたように推測される。彼は、一九五八年四月五日の聖土曜日（主イエス・キリストが黄泉に下った日）にフライブルクの路上で倒れ、そのまま意識を回復することなく翌六日の復活祭当日にこの世を去った。解剖結果によると、数日間食事を摂った形跡がまったく認められなかったということである。痛みのために食を摂ることができなかったのであろうか、あるいはみずから食を断ってキリストの受難の道を共にたどろうとしたのであろうか。定かなことは不明であるが、後者の可能性が高いと思われる。この二人には、リルケのいう個性的で成熟した死の姿を見ることができる。彼らは私たちに、どのような死を迎えるかを問い直しているように思われる。

しかしまた、人格衰退の原因は、人間の心と魂を破壊した二〇世紀の思想にも認めることができる。思想の面で、人格の衰退は広く、深く、時間をかけて浸透していった。ここでは、とりわけ大きな影響を与えた三人の思想家、マルクス、F・ニーチェ（1844 - 1900）、フロイトを取り上げたいと思う。三人は偉大な思想家として高く評価しなければならないが、ここでは、心と魂を破壊したという一つの面から問題にしたいと思う。

⑴マルクスの歴史観は、史的唯物論と言われている。彼は、歴史を進展させる本源的な力は社会における物質的生産力と経済的構造にあるとし、「上部構造は下部構造によって決定される」と言った。上部構造とは、政治、法律、宗教、道徳、芸術であり、そして下部構造とは、経済のしくみ、生産諸関係である。そして、まさに経済優先の現代社会において、心と魂はその価値を失墜したと言える。

⑵フロイトが、人間を内から動かしているエネルギーを性的欲動であるとしたことはよく知られている。また彼は、人間は性的欲動に支配されていると同時に、「過去」の体験に支配されていると考えた。人間には無意識的なものに規定され、動かされている側面は確かにあり、人間の心の闇の部分に光を当てたフロイトの功績は大きいと言わなければならない。しかし人間を動かすあらゆるエネルギーを性的欲動に還元した結果、人間の意志の自由が狭められてしまい、人間は無意識的なものの操り人形のようになった。ここでは心と魂は、もはや瀕死の状態である。ちなみに、最近の小説やテレビドラマでは、過去のトラウマがもとで罪を犯す筋立てがよくみられる。心理学の影響なのであろうが、内面描写がステレオタイプで粗雑なものになってしまった。苦し

みにあった人間は決まって悪しき人間になる。しかし、本来そのようなことはありえないことで、たとえば苦しみはキリストに出会う場所になり、人間をして他者の苦しみが分かる人間にする例も多くみられる。

(3) ニーチェは、現代文明には根底がないことを「神は死んだ」と表現した。神だけでなく、すべての価値と意味、そして善悪の基準を否定し、すべてのものの奥底にあるのは、力への意志であると考えた。ニーチェとともにニヒリズムの時代が到来する。あるいはむしろ、すでに水面下で進行していた事態に彼が的確な表現を与えたと言ったほうがよいのかもしれない。キリスト教が普及して以来、ヨーロッパでは聖書の神があらゆるものの尺度であった。神は人間の存在を根拠づけ、生に意味と価値を与え、善悪を明らかにし、人生と歴史に目標を与えていた。ところが一八世紀以降、徐々に、神に代わって人間と自然が尺度になった。人間の善性を信じて人類の進化と進歩を説いた啓蒙主義、人間理性に最高の価値をおく理性主義、超越的価値を否定する経験主義、さらに自然主義、功利主義等によって、人間は、存在を根拠づけるもの、生に意味と価値を与えるもの、善悪の規範、人生と歴史の目標を失い、一切は「無（ニヒル）」となった。そのような状況をニーチェはニヒリズムと呼んだわけである。ニヒリズムとは、自分を支えてくれる何か堅固なもの、判断や行動の尺度となるものは何もないという考えや状況を指している。そして今、このニヒリズムが世界中を蔽っている。

このように超越的価値がことごとく否定された世界のなかで、人類は歴史に対してどのような態度を取ることができるのであろうか。丸山のいう「歴史はなりゆくものである」という事態が世界規模で起こっているということではないであろうか。シュナイダーは、今後、人類がニヒリズムとどのように関わるかで世界の歴史が決まると警鐘を鳴らしている。現代の世界で起きていること、また現代の犯罪の底に、ニヒリズムが巣くっているように思える。そう考えないと説明がつかないことがあまりにも多い。

ちなみに現代の思想や文学では、**定義**〔一〕で述べた人間に内在する本質は否定され、さらに、プルースト、ドストエフスキー、チェホフ、ムージル、ジョイス等の作品に見られるように、デカルト以来の自我の統一（「我」というものは一人の統一ある存在であるという考え）も崩れ去っている。自己が複数に分裂していたり、自分が何であるのか分からなくなったりしている状態である。

このような状況のなかで、**定義**〔二〕の意味で人格の回復を得た、あるいは回復の途上にある私たちキリスト者の「残された者」としての存在の意義はますます大きくなっている。

五　時代の子として

しかし、過去を問題にする場合に比べ現在の状況を認識することには困難が伴う。認識対象との距離が取りにくいうえに、認識する者もその影響下にあるからである。それゆえ、現代では、キリスト者にとっても人格の回復は、**定義**〔一〕の意味でも、〔二〕の意味でも難しくなっていると言わざるをえない。中国に「人間は父親に似るよりも時代に似る」という諺があるように、私たちは時代の影響を受け、心も体も時代によって造られている。「歴史的なものと主体的なものとの間の境界は存在しない。時代はわれわれの内で生じる」とシュナイダーは表現している。

はたして私たちは実利主義的、あるいは合理主義的な社会の影響を受けていないであろうか。資本主義社会の労働からくる人間疎外を受けていないであろうか。「持つ」存在様式の影響を受けていないであろうか。私たちの生活において経済が、お金が最重要といわないまでも、必要以上の重要度をもっていないであろうか。匿名社会の影響を受けていないであろうか。人の言動を判断する上で、心理学に起因するステレオタイプな尺度を用いていないであろうか。私たちは世界に蔓延しているニヒリズムによって生きる力をむしばまれていないであろうか。価値の尺度、善悪の尺度を失った、いわば「何でもあり」の社会のなかで、神の像は揺らいでいないであろうか。その揺らぎを忌避して、逆に信仰が教条的なもの、あるいは一面的なものになっていないであろうか。

シュナイダーは晩年、「不信仰の心理学」の重要性をとなえ、宣教のためには、なぜ現代人がキリスト教を信じなくなったのか、その理由を心理の面から明らかにすべきだと述べている。しかし彼はほとんどそれを実行できずに亡くなってしまった。「不信仰の心理学」は、宣教のためだけでなく、私たち自身のためにも必要だと思われる。

六　キリストに従う

キリストの十字架の贖いによって罪を赦された者は、キリストの愛に生かされる新しい人とされる。その人はキリストに従い、キリストの後を追って生きることを求められる。そのような生をシュナイダーは、「主に従う生」、「キリストと一つなる生」、「十字架を見つめながら自己を捧げる生」等、さまざまに表現する。

キリストに従うとは、彼を模倣し、たとえそれが不可能であっても、自分の生がキリストの生と同じ形をとるように祈り求め努力することである。シュナイダーは、キリストへの随従を、キルケゴールを援用して、キリストとの同時代性（あるいは同時性）の状況を生きることであると表現する。「キリストとの同時代性の状況を生きる」とは、今、この時代、この歴史・社会状況のなかで、キリストのように見、キリストのように認識し、キリストのように思惟し、キリストのように表現し、キリストのように行動しようとすることである。それを彼は「キリストを行う」、あるいは「真理を行う」と表現する。

なぜ、端的にキリストに従うというのではなく、同時的、ないしは同時代的状況を生きるというのであろうか。それは、シュナイダーにとって「同時性」あるいは「同時代性」、すなわち「今」が、そして同時に「歴史」が重要な意味をもっているからだと思われる。単にキリストに従うという場合は、ともすれば自己の個人的な問題となり、関心と視野が狭くなる危険性があると考えられる。彼は、歴史のなかで、イエス・キリストが実にさまざまに理解され、解釈されてきたこと、また十字架の悲惨さが修正されたり、弱められたり、美化されたりして、主の架かられたままの十字架（それを「裸の十字架」と呼ぶ）であったことは少ないと考えているため、絶えず、十字架とは何かと問い、そして同時に信仰とは何かを問い直している。

また、実存の意味は、自己とキリストとの単独の関係からのみ与えられるのではなく、罪赦された人間が責任を自覚して歴史のなかに存在すること、歴史との関わりのなかで使命を果たしてゆくことで与えられると考えている。また、歴史は神と協働して作ってゆくものであるという歴史意識をもっている。歴史はけっして「なりゆくもの」であってはならないのである。

さらに彼は、「私は全体的実存を志向している」と語っている。「全体的実存」という言葉は難解であるが、それはおよそ時代が抱える問題の総体とかかわりながら生きることを意味する。苦悩の印を帯びている人類の歴史、広くニヒリズムが蔽い、無価値と無意味と虚無感のなかに捉えられている人間、被造物の呻き、遠い所にいて答えてくれない神、それらの総体と関わりながら生きることを自己自身に求めている。私たちもまた、絶えず新たに主のもとに立ち返りながら、――それはとりもなおさず人格の回復の開始を意味する――、主が今、時代をどのように見、どのように生きられるかを問いつつ、主に従って生きたいと願う。時代のなかで、時代の子として、主にあって時代を超えつつ時代を生きたいと願う。

第3章　苦悩への畏敬

はじめに

説教題とした「苦悩への畏敬」は、私の研究対象であるラインホルト・シュナイダーの言葉である。苦悩に意味、貴さを認めて、それを畏れ、敬うという意味である。

アルベルト・シュヴァイツァー（1875 - 1965）が「生命への畏敬」を訴えたことは皆さんも良くご存知のことと思う。これはシュヴァイツァーの思想と実践の根底にある考え方である。人間をはじめとして生命をもつあらゆる存在を畏れ、敬い、大切にすることを意味している。彼は一枚の木の葉もむしらず、一輪の花も折らなかったと言われている。雨上がりのあと、街路を歩いているとき、迷いでたミミズを見つけては、日差しのために死なないよう、そっと草むらにはこんでやったそうである。

他方、シュナイダーはシュヴァイツァーが彼の家を訪れたときにこの「苦悩への畏敬」という言葉を漏らしているため、シュヴァイツァーの「生命への畏敬」を意識して使っているものと思われる。「生命への畏敬」は分かりやすいと思われるが、「苦悩への畏敬」は分かりやすいとは言えない。しかし、シュナイダーの信仰と行動の根底にある思いであり、考え方である。

「畏敬」と訳したドイツ語の意味は「人や存在や事柄の尊厳、崇高さに対する深い尊敬の念、敬意に満ちた畏れ」ということである。日本語の「畏敬」とほぼ同じ意味だと言える。「苦悩」と訳したドイツ語の辞書的な意味は、①キリストの受難。（抽象的な意味で）苦しむこと、悩むこと。②個々の苦しみ、悩み、苦悩。③（長引く）病気、病苦を指す。

シュナイダーが「苦悩への畏敬」と言う場合、第一義的には、キリストの十字架の受難への畏敬を指している。しかし彼の作品を読んでいると、そればかりでなく、ありとあらゆる苦しみに意味を見いだし、それを尊重し、畏れ敬う気持をもっているように思われる。したがってここでは広い意味で「苦悩」という言葉を用いる。

苦しみや痛み、あるいは苦悩は、それ自体では意味をもたない。むしろマイナスの意味しかもっていないように思われる。私たち誰もが、苦しみや痛みを避け、平安で健康な生活を楽しみたいと願っている。では、苦しみに意味を見いだし、それを尊重し、畏れ敬うとはどういうことであろうか。

まずは、キリスト教を離れて考えてみる。古来、人々は苦しみを忌避しながらも、そこに意味を見いだしてきたようである。たとえは「艱難汝を玉にす」という言葉がある。また「可愛い子どもには旅をさせよ」とも言う。ある本のなかで小学校の先生が、「子どもは病気をするたびに成長する」と語っている。何不自由ない環境で育つ子どもにとって、病気が精神的な成長を促す契機になるということであろうか。苦しみや痛みが常に人間を成長させるとは限らないと思われるが、苦しみや痛みなしに人間は成長しないのかも知れない。

また、ぬるま湯のような状況のなかで生きている時よりも、苦しんでいる時の方が精神的エネルギーは最高度に働くように思われる。カール・ヒルティー（1833 - 1909）は「偉大な思想は、ただ大きな苦しみによって深く耕された心の土壌の中からのみ成長する」（『眠られぬ夜のために』）と言っているが、思想に限らず、偉大な文学も深い信仰も、大きな苦悩のなかから生まれてくると言えるであろう。

聖書もまた、苦難を、神が「ご自分の神聖にあずからせる」ため、「義という平和に満ちた実を結ばせる」ための訓練であるとしている（ヘブライ12・10 － 13）。そのほか、苦悩に深い意味を見いだしている箇所が数多く認められる。

私は、最近は健康に恵まれ、苦悩と言えるほどのことを経験していないため、苦悩について語る資格はないかも知れず、語るのに躊躇を覚える。ただ、いずれ私も病を得て、不如意になり、いろいろの苦しみを経験することになる。そのとき、シュナイダーの生き様と彼の言葉は必ず助けになってくれると思っている。

シュナイダーは一九〇三年に生まれ一九五八年に亡くなったドイツのカトリック系の詩人である。日本ではほとんど知られていないが、キリスト教徒の反ナチ、反ファシズム抵抗文学者の代表的人物である。

彼の生きた時代が、第一次世界大戦、ナチスの独裁、第二次世界大戦、敗戦、東西ドイツの分裂、そして冷戦といった、ヨーロッパの歴史のなかで最も過酷で悲惨な時代であっただけではなく、彼はキリスト者として意識的にその悲惨な現実と深く関わりながら生きようとしたために、苦悩の生涯を送らなければならなかった。ちなみに、彼と同時代を生きた人たちは、「慰めのない世代」と言われている。非合法出版を行ったためにシュナイダーは終戦間際の一九四五年四月、大逆予備罪で訴えられた。そのとき彼は持病の悪化で入院していたため、逮捕は延期され、間もなく終戦となったためにかろうじて命を取りとめることができた。

彼の生きた時代と私たちが生きている時代は、あまりにも違うため、彼の経験した苦悩と、そこに見出した意味は私たちには理解しづらいところがあるように思われる。時代によって信仰がまとう衣服も変わるようである。しかし再び時代がいっそう病み、悪しきものになった時に、彼から学べることも多いのではないかと思う。ただ、そのような時代がこないことを心から願っている。

一　ラインホルト・シュナイダーと病気

（一）心の病

彼は子どものころを振り返って、「私は底なしの淵に落ちてゆくような恐ろしい気がして、はっと驚いて眼をさますことがあった。このような経験は、いくどとなく繰り返され、今日にいたるまでなくなることはなかった」と自伝のなかで語っている。彼は何のために生きるのかが分からなかった。抑鬱状態に苦しみ、一九歳の時に自殺を企てている。生きることの無意味さをどのように克服するかが、彼につきまとう生涯の問題となる。その後も幾度となく自殺の誘惑に襲われた。それを克服する手立てとなったと思われるものを挙げておく。①そのような彼にとって、まずは読書が誘惑と戦うための不可欠な手段であった。死なないために本にすがりついている観で、自然とおびただしい読書量となった。②そのようななかでスペインの実存哲学者ミゲル・ウナムーノ（1864 - 1936）の思想と出会ったことが画期的な意味をもった。彼を苦しめていたさまざまな矛盾・葛藤が実は歴史と生の内実であること、さらにそれらは生産的な意味をもつことを教えられた。苦悩が肯定されたことの意味は大きいと思われる。ウナムーノは次のように説いた。人間は苦悩を避けないで、むしろそれらを積極的に担って生きることを通してはじめて、その生と行為に意味が与えられ、自己の存在の充実と成長、自己の本質的認識、人間としての自律、そして他者との――おなじ苦悩を生きる同胞としての――真の結びつきを獲得することができると。さらに彼は語る。魂のこの苦悩を味わいつくした者は、憐れみ深い愛で同胞を抱きとめることができるであろう。この共苦としての愛は、さらに生きとし生けるものの内に兄弟を見いだすであろう。このようにして世界は、苦悩と共苦という赤い糸によって結ばれると。ちなみに彼の語っている通り、苦悩はシュナイダーをキリストにあって共苦の人に変えることになるが、そのことについては後にお話しする。③ 虚無と没落感情に苦しむシュナイダーがウナムーノから受けたもう一つの示唆は、歴史に眼を向け、歴史のなかで生きることであった。彼は晩年の自伝のなかで次のように書いている。「生きる目標と意味を個としての自己の内に探っても、その自己は滅びに定められているため、生の目標と意味を見いだすことはできない。そのことを私は経験してきた。しかし、自己は歴史のなかに織り込まれることによって初めて耐え得るものとなる」。歴史のなかに自分を位置づけ、自分の使命を探る。そこに、耐えがたい個人的な生の問題を克服する可能性が生まれてくる。④ さらに作家になってからは、作品を書くことで鬱状態に耐えることができた。彼は、自分の内にある「深みへ落ちよ」という衝動、および時代の破滅的、虚無的な傾向を考察し、それを表現することによって克服する道を模索した。⑤ 彼は自伝のなかで、「暗い心は苦悩を見ることによってしか救われない」と語っている。そして彼の心は、苦悩の極みであるキリストの十字架に救いを見いだすことになる。さらに同じ自伝のなかでこう書いている。「もしイエス・キリストの力がなければ、引きずりおろそうとする諸々の力を、どのような力によって抑えたらよいのか今日でも私には分からない。一瞬でもこのキリストの力がなくなれば、もはやそれらの力に抵抗するものはない。私は自殺願望を生まれつきの誘惑、解決できない問題であると思っている」。

(二) 肉体の病

彼は肉体的にも重い病をかかえていた。三五歳の時に発病して以来、絶えず腸閉塞と胃の障害に苦しんだ。医者の診断によると、手術をしても患部が癒着を起こし再発するであろうということで手術は行われなかった。流動食しか摂ることができず、特に四十代なかばから生を終えるまでは、毎日二、三個の生卵と少量のビール、ときにはブドウ酒とパンあるいはコーヒーで生きていた。それに新鮮なトマトがつけ加わることもあったが、なぜそれだけの食物で命を保つことができたのか医学的には不可思議なこととされている。執筆中に緊張が増してくると腹痛が起こった。そのために座って仕事をすることができず、暖炉の上にタイプライターを置いて、立って原稿を書いた。また苦痛のために眠れない夜を何度も経験した。彼は病気について次のように書いている。

痛みに耐えながら、いつの日か、長い静かな夜を、体の痛みもなく安らかに味わうことができたらどんなにすばらしいことであろうかと想像する。そして次のように思いをめぐらせる。ちなみに、ここで言われている光はキリストのことである。「われわれの内部には光を妨げる闇がある。それは、われわれの自我の隠れた部分であるが、つねにわれわれの一部である。もしわれわれが病気にならなければ、あるいはそれに気づかなかったかもしれない。われわれの内部にこんなにも多くの光に対する反発、辛辣さや激しさ、否定や冷酷さがあろうとは思いもよらなかったかも知れない。苦痛は内へと深く掘ってゆく。それはあらゆる鈍いもの、悪いもの、重いものを取り出してくる。そして、『これはあなたである』と言う。私の内に隠されていたものである。私が認識し、克服しなければならないものである。その克服は、キリストの光によってわれわれの隠れたものがすみずみまで浄化されることによって起こる。したがって、苦しんでいる今、まさに自分は自分自身に至る道の途上にあるのである。この世界の闇に生まれた方(キリスト)に至る道の途上にあるのである」。

病気は、われわれの内にある罪を知らせてくれる。そして自分が何者であるかを認識させてくれる。その克服は、キリストの贖いによって生じる。したがって病気は、自分自身に至る道、そしてキリストに導いてくれる道である。順境のときは、私たちは自分の力だけで十分にうまく生きてゆけると考え、罪の存在には気づかないことが多い。罪は私たちの底知れない深い所に潜んでいるからである。

病気と苦悩はシュナイダーをブレーズ・パスカル（1623 - 1662）に近づけることになる。パスカルは幼いときから病弱で、二四歳のときに特に病状は悪化し、絶えず頭痛と腹痛に苦しめられ、下半身はほとんど麻痺した状態であった。パスカルにとって、病気とその苦痛は、神の恩恵が彼を変えるために彼のなかに入ってくる導管であり、神と人間とを結び付けるものを意味した。また病気は罪のために病んでいる世界の比喩として用いられた。聖書では病気は罪の結果であるとされている。罪という病気は人間本性に漉《す》き込まれた文様であり、人間の常態であると考えられる。それはキリストの贖いによってはじめて癒される。イエスは「医者を必要とするのは、丈夫な人ではなく病人である。……わたしが来たのは、正しい人を招くためではなく、罪人を招くためである」（マタイ9・12 － 13）と語っている。シュナイダーにおいても、パスカルと同じように、病気と罪はキリストが訪れる場所であり、神の恩恵が入り込んでくる導管である。同じように病気に苦しむ人間として彼がパスカルからいかに多くを学んだかがうかがえる。キリストとの一体感の深さも同じである。ちなみにパスカルは『病の善用を神に求めるための祈り』のなかで次のように書いている。「私はあなたに満たされているので、生き、そして苦しんでいるのはもはや私ではない。おお救い主よ。あなたが私のなかにあって生き苦しんでいる。このようにして私はあなたの苦痛の小部分であるので、あなたが苦痛によって得た栄光で私を満たしてくださる」。この本は大変素晴らしいものである。病に苦しむ時、ぜひこの言葉を思い起こしていただきたい。キリストも私のなかにあって共に苦しんでくださっている。いや、キリストの苦しみは、私たちの苦しみと比べることもできないほど大きいのであるけれども。

さらにシュナイダーは次のようにも語っている。「病気であることは自分自身に対して、自分自身のために目覚めていることを意味する。……病気はわれわれへの真理の呼びかけである。われわれが病気をそのように理解できるようになれば、それがわれわれの時間と力を破壊するからといって病気を非難することはできない。病気は、たとえ再び健康を取り戻すことになっても、われわれがいつの日か行わなければならない大いなる申し開きの準備である。病気であること、それはアドベントのうちに生きることである」。

アドベントは一般的には、キリスト降誕を待ち、その準備をする約四週間のことであるが、ここではキリスト者の人生そのものがアドベントであると考えられている。シュナイダーによると、キリスト者は、歴史の終わりの日にキリストが再び来られて、完全な救いがもたらされる時を待ち望みながら生きている。しかしそれは人生の総決算が行われる裁きの時でもあるという意味で、恐ろしい時でもある。私たちは健康で豊かで安寧な生活を送っているとき、自分の魂が病んでいることに気づくことは少なく、将来に思いを致すことも稀である。いわば終わりの日が来るまで眠り呆《ほう》けていて、主が来られた時に、すべてが光のもとにさらされて怖じ惑うことになる。しかし、病気とその苦痛は、私たちの罪を掘り起こして、魂が病んでいることに気づかせてくれる。そういう意味で病気は真理の呼びかけであると言える。そして体の病とそれを通して明らかにされた魂の病、すなわち罪は神に出会う場所となる。病気とその苦痛は、それ自体としては意味をもたない。しかし真理の呼びかけに応えて、生涯をアドベントとして生きるときに意味をもってくる。病気は、私たちを意識において死の時点まで、さらに歴史の終末の時点まで至らせ、その時点から人生を見ることを可能にする。そして終末を含んだ現在を生きることを可能にする。あるいはそれを強いてくれる。このことは、私たちがいかに生きるかを考えるときに、非常に重要な意味をもつ。このような生こそ、真に実存的な生であると言うことができる。病気は私たちを、日々、そして絶えずアドベントを挙行しなければならない状況に置く。「内省と悔い改めと浄化の時であるアドベント」を。したがって病気であるということは一つの恵みであるとシュナイダーは言う。

彼は世界の歴史もアドベントであると考える。歴史は最後の審判と救いに向けて進んでゆくが、やはり世界も健常者と同じように眠っていて、本当は病んでいるにもかかわらず、何を病んでいるのかを認識しようとしないし、病気の苦痛が世界のなかに発見する悪や罪に立ち向かおうともしない。病人のなかで起こっていることは、実は世界のなかで起こらなければならないことでもある。そのような状況のなかで、病人は、目覚めている人間、自分の罪に目覚めている人間として歴史とかかわり、地の塩として、世界のために祈り、目覚めを促す役目を与えられている。さらにシュナイダーによれば、病人は、目覚めている人間として、「世界に先行して歩いている」ことにもなる。そして終わりの日に、訪れる光を認識し、大きな喜びを受け取り、それを告知する最初の人間の一人にされる。したがって病気は、彼においては個人的な領域をこえて、世界的、歴史的な広がりをもってくる。

使徒パウロは「コリントの信徒への手紙二」で、第三の天に上げられた体験を語った後、その啓示があまりにもすばらしいので、そのために思い上がることのないように、わたしの身に一つのとげが与えられましたと書いている（Ⅱコリント12・7）。この肉体のとげについては、眼の病気、癲癇《てんかん》、内因性の抑鬱症等、さまざまに推測されているが確かなことは不明である。パウロはこのとげを取り除いてくれるように何度も主に願った。するとパウロに対する主の答えは、「わたしの恵みはあなたに十分である。力は弱さの中でこそ十分に発揮されるのだ」（同12・9）というものであった。私たちは自分が強いときには、自分の力を頼み、自分のために生きてしまう。そして自分の働きを誇る。それに対して私たちの弱さ、すなわち私たちの病気や苦しみは、「並外れて偉大な神の力」（同4・7）が働く場所、神の恵みが入ってくる通り道となる。このとき、自分のために生きていた人間が、人のために生きる人間に変えられる。少なくともその可能性が開かれる。

この消息を、パウロは「わたしは、キリストと共に十字架につけられています。生きているのは、もはやわたしではありません。キリストがわたしの内に生きておられるのです」(ガラテヤ2・19－20)、そして「大いに喜んで自分の弱さを誇りましょう」(Ⅱコリント12・9)と語る。それはキリストの力が私たちの内に宿るためである。

二　共苦としての愛

(一) 共苦

一六世紀の大航海時代に、スペインは、南米諸国を植民地とし、原住民を奴隷として過酷な労働を強い、莫大な富を獲得した。この時代に、バルトロメー・デ・ラス・カサスは奴隷解放を訴え、インディオの自由と人権擁護のために活動した。アメリカ南北戦争の約三五〇年前である。シュナイダーの作品に、この人物を主人公にした『カール五世の前に立つラス・カサス』という小説がある。

この作品で、ラス・カサスの分身ともいえるベルナルディーノという人物が登場する。彼は征服者たちと行動を共にし、プランテーション経営によって財をなした。彼は征服者、植民者として数え切れないほどの罪を犯してきた。そして罪は必ず裁かれるであろう。しかしそのような人間にも救いの可能性が残されていることを、この作品は見事に描いている。彼は、女奴隷ルカーヤとの出会いによって、失われていた良心を取り戻しはじめる。さらに、重い病に冒され、生死の境をさまよいながら、自分の過去をラス・カサスに告白することを通して罪の自覚を深め、信仰に立ち返るのであるが、その回心の過程のなかで、罪あるいは病や苦悩が大きな意味をもってくる。そこが彼にとって神に出会う場所となる。彼は次のように語る。「私は善行を残すことはできませんでしたが、私の罪は実を結ぶことでしょう。おそらくわれわれの度外れな罪が、われわれの最後の希望ともなりましょう」。また、ほとんど恥ずべき罪以外の何をもなしてこなかったスペインに残された最後の希望は、ほかでもなく、その度外れな罪以外ではないということがこの作品で表現されている。

ルカーヤは、ひ弱に見えるために奴隷市場で買い手がつかずに売れ残っていた少女である。ベルナルディーノは多数の奴隷を購入した「おまけ」として彼女を手に入れる。なぜかこの娘に惹きつけられるのを感じたからである。自分を惹きつけた彼女の不思議な力について、彼はラス・カサスにこう語る。「何が私を彼女のところに引き寄せたのか、私にはわかりません。恐らくそれは、彼女の体を震えさせていた苦しみだったに違いありません。それが私の忘れていた心のなかの何かに呼びかけたのでしょう。苦しみへと引き寄せられる人間には、もしかしてまだ救いの余地が少しは残されているのかも知れません」。

三〇年ほど前に初めてシュナイダーの作品を読んで驚いたのは、今までに聞いたことも考えたこともない言葉がたくさん出てくることであった。この言葉もその一つである。そしてこの言葉のとおり、このときから彼の良心が目覚めはじめる。ベルナルディーノとルカーヤの関係は主人と奴隷の関係、征服者と被征服者、加害者とその犠牲の関係であるにもかかわらず、両者はほとんど神秘的としか表現しようのない仕方で結ばれている。そのような結びつきを成り立たせているのは、もっぱらルカーヤの心の質であるが、同時にベルナルディーノの「苦しみへと引き寄せられる心」であることも否定できない。

ルカーヤは自分のために何かを欲するということを知らない少女である。むしろ人に与えようとする。たとえば主人からもらった金のネックレスも真珠の飾りも丁寧にしまっておいて身につけようとせず、女奴隷たちが畑の畝を盛り上げるのに鉄の棒しか与えられずに苦しんでいると、彼女は、主人の贈り物と交換して手に入れた鍬《くわ》をもっていってあげる。彼女が示す喜びも、また苦しみも、ベルナルディーノの理解を超えているため、彼は、彼女のことを「私たちの生とはまったく違った仕方で花咲き、何かを欲することなく枯れてゆく根本的に理解不可能な生」と呼んでいる。

彼女はルカーヨ諸島から連れてこられたのでルカーヤと名づけられた。彼女は、人の苦しみを我がこととして苦しむことのできる稀有《けう》な心をもっている。先にも一例をあげたように、奴隷たちにさまざまな援助の手を差しのべる。また、一人の子どもが疲れ切った母親の胸で死んだり、荷物かつぎが倒れたり、とにかく奴隷の身に何かが起こると、主人はルカーヤの顔からそのことを読み取ることができる。すなわち彼女は、ベルナルディーノが彼女の国民に加えた不幸を、自分自身の身に起こったかのように受けとめ、それを耐え忍ぶ。ついに彼女は、奴隷捕獲場面を目撃して、苦しみのあまり倒れ、間もなく亡くなる。「彼女は、彼女の国民の苦悩のゆえに死んだ」と言える。しかし、彼女は彼女の国民のために苦しむだけでなく、自分の国民を虐待する人間、すなわち主人のためにも苦しむ。ベルナルディーノは彼女の死に際に、彼女が自分の同胞のことで苦しんできたのと同じほど主人である彼のことで苦しんできたことを知らされる。このような彼女の生き様がベルナルディーノの心を変えてゆくことになる。彼は「今や私は、ルカーヤのなかには私が手に入れることのできない何かがあることがわかってきました。……そのころ私ははじめて、私の生が最も奥深いところで分裂するのを感じました。生は二つに割れました。……裂け目は深くなるばかりでした。私のなかには、することなすことに反対する何かがありました。私は、あの物静かな少女が私のなかに培ったこの反対の声を心から払拭することはできませんでした」と語っている。

ルカーヤとの結びつきのおかげで、ベルナルディーノの魂は守られ、生きつづけることができた。ラス・カサスは彼に尋ねる。「あなたは時に自分の魂を軽蔑し、憎悪し、虐待してこられた。

そしてインディオに加えたのと同じことを自分の魂にもさんざん加えてこられた。しかしこの魂は死んでしまいませんでした。いったい誰が生かしつづけたのでしょうか」と。その質問に対して、ベルナルディーノはこう答える。「私の魂ですって。私にまだ魂と呼べるものがあったのかどうか、私にはわかりません。たぶんそれは長い年月、別の人のなかに住んでいて、その人が死んだ後にようやく私のところに戻ってきたのでしょう」と。別の人とはルカーヤのことを暗に指している。

ルカーヤはその愛の純粋さにおいて比類がない。しかし愛は、罪の現実のなかでは必然的に苦悩の姿をとらざるをえず、そして愛は純粋であればあるほど苦しむ人のためにより多く自己を使い果たすことになる。われわれは彼女において、純粋な愛と苦悩とは一枚の紙の表裏のように一つであることの典型的な実例に出会う。しかし苦悩と完全に一つであるような愛は、ベルナルディーノも言っているように、利己的な利害の打算や、せいぜいギブ・アンド・テイクで動いている人間や社会にとってはとうてい理解することのできない、異質で、超自然的な事態であると言わなければならない。しかしわれわれは不思議なことに、このような実例に出会うとき、深く心をうたれ、自己のなかに今まで未知であった新たな何かが生まれてくるのを体験することがある。利害の打算からできている一つの完結した世界が、新しいものの侵入によって破壊され、分裂するのを体験する。このような事態をわれわれは、現世の生活秩序のなかに異次元の光が差し込んでくると表現するほかないであろう。私は学生時代の大変苦しい時期に、この教会でそのような事態を経験した。その後も経験している。

ルカーヤと出会って以来徐々にベルナルデーノに変化が生じる。まずインディオたちへの思いやりが彼の心に芽生える。そして紆余曲折を経ながらも、彼は帰国の際、農園と奴隷を解放する。さらに、ラス・カサスとの親密な交わりをつづけるなかで、ルカーヤが念願していた神の大いなる慈悲も彼に与えられ、次第にこの世の財への執着を断ち切ることが可能になってゆく。しかしそれは、悲しいことに、彼女の死後かなり経過してからのことである。「客が去ったあとでようやくその人が理解できるようになる、そういう人を神が私たちの家にお遣わしになることがあるのであろう」。

ラス・カサスは世界史の進路を左右するような領域で活動しているが、その彼を深いところで動かしているものは苦悩である。彼には、どこへ行ってもどこに居ても、仕事をしていても祈っていても、休もうとしても説教をしようとしても、乱獲されて死んでゆく鳥たち（インディオと二重写しに描かれている）の嘆きの声が聞こえてくる。夜も昼も、滅んでゆくインディオたちの言語を絶する悲惨が彼を苦しめる。それればかりでなく、彼は、人々からは「スペイン人のための心をもっておらず、インディオを思う心しかもっていない」と考えられているが、彼の最も深い苦悩は、スペイン人の滅んでゆく魂に向けられている。彼を生かし、彼の人権擁護の闘いに力と勇気を与えているものは、その現れ方や現れる世界に大きな差異があるとはいえ、ルカーヤの苦悩と一つである愛と本質は同じである。

（二）裸の十字架

次に、ナチス時代に体験したシュナイダーの精神的な状況についてお話ししたい。当時、ドイツ人が重ねている罪は彼には、「存在するすべてのものをかき集めて裁きへと押しやっているように見える」。この国と国民の未来には、神の裁きと滅びしか見えない。いやそればかりか、国民は今、絶対に解けない矛盾のなかに追い詰められていた。事態は過酷であった。「第1章　歴史の中で真理を生きる　四　裸の十字架の前で」（53頁）で触れたが、「苦悩への畏敬」と深く関わるため、想起しておきたい。彼は自伝のなかで、友人で詩人のヨッヘン・クレッパーが召集されたときに語った「私たちはみな、神の前に殺人者だ」という言葉を思い起こしている。クレッパーは召集には応じず、ユダヤ人の妻および娘と共に自らいのちを絶った。召集された兵士は、戦場で敵を殺すことを命じられる。その兵士の良心の苦しみをシュナイダーは身につまされる思いで書いている。「自分が行動しても、行動しなくとも罪を犯すことになることを知りながら、個人的にどちらかを決断しなければならない。自分を相手に殺させせば、相手を殺人者にしてしまう。自分が殺せば、自分が殺人者となる」。またある若い友人が召集された。彼はまったく兵士には向いていなかった。それゆえ上官たちは彼に厳しい態度をとり、東国出身の若い娘を射殺することを命じた。「彼は命令にしたがった。その後、彼は自殺を遂げた」。

そのような解くことのできない矛盾は兵士だけのものではなかった。その事態を一般化して彼は次のように述べている。これらの惨事を是認すれば同罪を免れることはできないことは明白である。しかし是認しない人間であっても、手をこまねいていては、新しい罪を犯すことになる。なぜなら創世記にもあるように、私たちは神からこの世の管理をゆだねられているからである（創世記1・28）。しかし今の事態のなかでどのような管理がなされるべきであろうか、と彼は自問する。「私は自分が裸の十字架の前に追いやられるのを知った。そしてその場所に立ち尽くしている」と書いている。シュナイダーが、惨事を押し止めたくともそうできない事態と、そこに立たされた人間の運命をどれほど苦しんだかは私たちには想像することもできない。

彼の生きた時代は人間を十字架の悲劇へ導く時代であった。複数の可能性のうち、どちらに決断しても罪を犯すことになるという状況のなかで、こう書いている。「われわれは決断しなければならない。一つ一つの決断は必然的にわれわれに傷を負わすことになる。そしてその傷はわれわれの愛のなかに深く食い込んでくる」。神と人に対する愛が深ければ深いほど、決断による傷は深くなる。したがって、この時代は一人一人の人間の生がキリストの犠牲死に近づくこと、キリストの生と同じ形を取ることを求めているのであると彼は言う。彼は祈る。「キリストの生が犠牲であったのと同じように、われわれの生を犠牲であらしめてください」(『主の祈り』)と。

「第一章　歴史のなかで真理を生きる　三　反キリスト」において述べたが、ナチスの独裁に対して取ったボンヘッファーの態度をも思い起こす。彼は行動において「善か悪か」という二者択一はもう不可能である状況に追い詰められていた。国家が暴虐を働いたとき、キリスト者の為すべき最後の可能性として、「車にひかれた犠牲者に包帯をしてやるだけでなく、車そのものを停める」(『ボンヘッファー選集6』)行動に出ることがあり得るとした。ボンヘッファーが直面していた「善か悪か」の単純な選択はもはや不可能な状況は、シュナイダーが直面していた、「行動しても悪、行動しなくても悪」という状況と同じものであろう。そして前者は巨大な悪の歯車を停めるために、ヒトラーの暗殺という悪、すなわち十戒の第6戒が禁じている殺人の罪を選択した。それは彼の良心の最も秘められたところでの決断であったであろうし、必然的に彼の魂に深い傷を負わせる十字架となった。シュナイダーはヒトラー暗殺未遂計画に関与した人々の「良心の決断」に深い理解を示し、彼らの死を気高い犠牲として称えている。四人の事例をあげたが、苛酷な現実に向き合う彼らの真摯な態度、他者の苦しみを負う共苦の心に私達は畏敬の念を覚えないではおられない。

（三）希望

時代の現実を見れば、絶望だけがあって希望はどこにもないように思えるなかで、彼が希望を見いだした場所がある。それは時代の罪と諸矛盾のなかで苦しんだ人々の深い苦悩である。この世の国と神の国のせめぎ合いのなかで神の国のために戦った人々の苦悩、キリストと共に十字架を担おうとした人々の苦悩、そこに神の力が働いている、神の支配が始まっている。そこに希望の光が射している。そして、そこにしか希望はないと彼は考える。苦悩のなかにあって彼はけっして彼岸の救いへと飛躍しない。それが彼の信仰の特質であり、私たちを惹きつけるものでもある。

シュナイダーの信仰とそれに基づく倫理の中心は「**共苦**」である。彼は、愛とは苦しむ人と共に苦しむことであること、また、それが倫理の根本であることを、中世の神秘主義者たち、およびアルトゥル・ショーペンハウアー（1788 - 1860）とウナムーノから学んだ。そして彼はキリストの愛を「共苦」と定義する。キリストは、われわれの罪と、罪から発するあらゆる苦悩を担ってくださった。そこに救いがある。そのような共苦の愛に生かされることによって、隣人に対して共苦の人となる可能性が開かれる。そしてまた、どんな苦悩をもキリストと共に担う十字架として担うことができる。苦悩を通してますますキリストに属するものとされ、キリストと我、キリストと隣人、隣人と我は共苦によって結ばれる。そこから真の和解と平和が生まれる。そのように彼は考えた。

一般に理解されている意味での、キリスト教への招きは、救いへの、自由への、永遠の生命への招きであろう。しかし彼は、「苦悩への招きがキリスト教への招きである」と、耳を疑うようなことを言う。そして、苦悩に関して大事な点は、われわれが苦悩によって人間として浄化されたり、成熟を促されたりすることでも、またそれを克服することでもない。「キリスト教は苦悩を克服しない。それを受け取るのである」と。イエス・キリストは、この世の苦悩を自分の身に引き寄せ、それを担い、そして死なれた。それと同じようにキリストという真理を生きるキリスト者も、あらゆる苦悩する人々のなかにキリストを認め、愛することを求められている。彼は次のように言う。「苦悩がキリスト自身への接近によって価値あるものとなるということ、このことはキリスト教の途方もないところである」。「すべての苦悩はキリストの所有となった。われわれもまた苦悩しつつキリストの所有となる」。

ちなみに、この「キリスト教への招きは苦悩への招きである」という点に関して、ボンヘッファーもよく似たことを述べている。少し長くなるが、上記のシュナイダーの言葉の良き補足説明となると思われるので引用を許されたい。「キリストは、この世に代わって苦しみを負った。この苦しみだけが、救いをもたらす苦しみなのである。ところで、キリスト教の共同体もまた、この世の苦しみが担い手を探し求めていることを知っている。それ故この共同体は、キリストに従おうとする時、みずからも苦しみを負うものとなる。……キリストに従う者も『重荷を負うように』との招きを受けている。重荷を負うことの中に、キリスト者であることの意味があるのである。キリストが重荷を負うことによって、父との交わりが保たれたように、キリストに従う者も重荷を負うことによって、キリストとの交わりがたもたれるのである」（『キリストに従う』）。

三　罪との闘い

以上述べてきたことは主に他者のための苦悩であるが、キリスト者には、自己の内なる罪ゆえの苦悩もある。キリスト者は信じることによって安心立命の境地に達するとか、絶えずキリストのうちに喜びと平和、希望と力を見いだして揺るがないというものではないように思われる。一度信仰に入ったら、それ以降はキリストと継続的に不断に結びついて生きている人々がいるかもしれない。しかしシュナイダーの信仰はそうではなかった。「キリスト者は自己のうちに天使と悪魔を併せもつ、誘惑にさらされた人間である」と彼は言う。そして、信仰が深まれば罪を犯すことが少なくなるかというと、必ずしもそうとは言えない。むしろ、キリスト者の内面では、信仰が深まれば深まるほど、罪意識も深まってゆく。罪の誘惑との闘いのなかで、信仰が崩壊するぎりぎりのところまで追い詰められることもあるかもしれない。彼にあっては、キリストへの接近、キリストとの一体化が深まってゆくと、まるで天も閉ざされているかのような様相を呈し、神に見捨てられたキリストにまで近づく経験をする。それはキリスト共に他者の苦悩、時代の苦悩を担うキリスト者の究極の姿である。この点については、拙著『生きられた言葉』の「破壊された神の像」および「『ヴィーンの冬』における瀕死の神」を参照していただきたい。ここでは、シュナイダーが経験した遺棄感に関して、彼の言葉の紹介に留めておく。「これは、取りもなおざす、キリストがわれわれに彼の後を追って、彼の経験された最も暗い時間のなかにまで入ってくるように呼び寄せているということである。嵐は弱い木の枝を引きちぎり、闇のなかへ舞い上げることがある。もはや幹との目に見える結びつきは存在しない。しかし、キリストは十字架上でなおいっそう孤独であった」。

四　苦悩の価値

先に記した小説のなかでラス・カサスは次のように語る。「この地上で私たちがもっているものといえば、私たちの罪を除けば多くはありません」。「真の苦悩は、罪ある人間の手のなかでさえある種の価値を失わない」。この二つの言葉から考えると、私たちがもっているものは、ほとんど、罪と罪によって得たもの、あるいは罪によって為したこと以外はないと言える。だとすれば、私たちがもっているもののなかで、何らかの価値があるものといえば、もはや苦悩だけしか残らないのかもしれない。キリストへと導いてくれる病と苦痛、罪と闘う苦悩、苦しむ人と共にする苦悩、キリストに従おうとするがゆえに生じる苦悩、行為しても行為しなくても罪という状況のなかでの苦悩、裸の十字架の前で立ちつくすこと、それら以外にないのかもしれない。しかしその苦悩を神は見ておられる。外からは何も見えなくとも、何一つ為していないように見えても、魂のなかで起こっていることを見ておられる神には見えるであろう。そして、「神様、罪人のわたしをおゆるしください」（口語訳 ルカ18・13）という悔い改めの心を神が是とされるのと同じように、その苦悩を神は是とされるのではないであろうか。

第4章　我祈る、ゆえに我あり

一　我祈る、ゆえに我あり

今年（2018年）の1月、竹下八千代さまが礼拝説教をなさいました。お聴きしながら深い感動を覚えました。交通事故にあって失明され、その後よいお出会いがあって結婚をなさり、ハンディを乗り越えて二人の子どもをお育てになられたお話しは、奇跡物語を耳にするようで感動というよりも驚愕を覚えました。そのお話しのなかに好本督《よしもとただす》（1878 - 1973）という名前、そして『わが隣人とは誰か』という彼の著した本の名前が出てきました。ちなみに好本は商事会社を経営しながらその収益を投じて眼の不自由な方への福祉に尽力された人物です。竹下さまは好本氏のことを「近代日本の盲人福祉の源流となった人」と表現しておられます。ところで、『わが隣人とは誰か』という本の題名を耳にしたとき、それは若い頃、奥田成孝《しげたか》先生（1902 - 1995）に勧められて読んだ本ではなかろうかと思いました。捜すと出てきました。手あかで汚れ、線がたくさん引かれていました。でも内容はほとんど覚えていませんでした。読み返すと素晴らしい本で、二度、三度と読みました。読んでいると、ふと「我祈る、ゆえに我あり」いう言葉が浮かんできました。説教題にもしました「我祈る、ゆえに我あり」は、私が研究しているラインホルト・シュナイダーについて、彼の親友が語った言葉です。シュナイダーが「我祈る、ゆえに我あり」の人だというのは、シュナイダーという人物の核心を言い当てている言葉です。しかしまた好本についても「我祈る、ゆえに我あり」の人だと言えるのではないかと思います。

この言葉でデカルトの有名な命題「我考える、ゆえに我あり」を思い浮かべる方も多いと思います。「我祈る、ゆえに我あり」は、それを踏まえた言葉です。デカルトは哲学の方法として、すべてのものを疑うべきだと考えました。そして本当に確実に存在するものは何かと問い詰めてゆくと、あらゆるものの存在は疑わしいものになりました。しかし、「今疑い、考えている自分は、疑いなく存在している」という意識に達しました。考えるということがデカルトにとって自分の存在証明でした。精神史的には、自分という存在と意識の発見とされています。

シュナイダーは生涯、祈りの人でした。彼は毎朝、祈るために教会へ行きました。旅先でもそうでした。家でもたえず祈りました。カトリック教徒ですので跪《ひざまず》いて祈ります。そのために彼のズボンのひざは破れそうになっていたそうです。祈るということが、シュナイダーをシュナイダーであらしめている本質であり、彼から祈りをとりのぞくと、シュナイダーでなくなる。祈りは彼にとってそのような意味をもっていました。

竹下さまのお話しによりますと、好本も祈りの人でした。彼の母親が「督の着物（ズボン）は膝が抜けて困ります」と言ったといいます。それは好本がたえず祈りのために跪くからでした。「我祈る、ゆえに我あり」という命題は、私たちキリスト者のあるべき姿を定義する最も適切な言葉の一つだと思われます。私もそうでありたい念じていますが、それには、程遠いと言わなければなりません。したがって今日お話しすることは私の願望像だと思ってお聞きください。

世の人々はどのような祈りをするのでしょうか。多くの人は無病息災、家内安全を祈ります。志望校に合格できますようにと祈ります。自分の幸福を祈ります。ご利益を祈ります。以前、信貴山に行ったことがありました。商売繁盛の神（弁財天）が祀《まつ》られているということで、多くの人が訪れます。そこに、「信じる者は儲かる」という標語が書かれていました。「信じる者は救われる」をもじったものでしょうか。日本の宗教には——神道にも仏教にも——ご利益宗教の面が強いと言えます。法然と親鸞に代表される鎌倉時代の仏教はそうではなかったのですが、それ以降は仏教も世俗化して、ご利益宗教になってしまいました。

ご存知のように、イエス・キリストは祈りの人でした。「朝早くまだ暗いうちに、イエスは起きて、人里離れた所へ出て行き、そこで祈っておられた」（マルコ1・35）と書かれています。イエスは、病人、眼の不自由な人、貧しい人、虐げられた人の苦しみを我がこととして苦しまれました。イエスは人の苦しみを共に苦しむ愛の人でした。そして愛は純粋であればあるほど苦しめる人のためにより多く自己を使い果たすことになります。使い果たした力を、常に補充する必要があります。イエスは父なる神のもとに帰り、父と子の一つなる交わりの内で力を補充されたのだと思われます。さらに父の御心を知る必要がありました。それは祈りを通してなされました。イエスは夜を徹して祈られたこともありました。

十字架への道がいよいよ避けられないと思われたとき、イエスは「父よ、御心なら、この杯をわたしから取りのけてください。しかしわたしの願いではなく、御心のままに行ってください」と祈りました。その時の様子を聖書は「イエスは苦しみもだえ、いよいよ切に祈られた。汗が血の滴るように地面に落ちた」と記しています。(ルカ22・42－44)

祈りには五つの側面があると思います。願うこと、御心を知ること、力を与えられること、執り成すこと、そして感謝と賛美です。シュナイダーは高潔な人でしたので、自分のために祈ることにためらいを感じていたと言われていますが、イエス・キリストご自身も父なる神に願っておられるように「御心なら、この願いをお聞きください」と祈ってよいのではないでしょうか。

二　誠の道

「心だに誠《まこと》の道にかなひなば祈らずとても神やまもらむ」という菅原道真《すがわらのみちざね》の歌があります。京都の北野天満宮に行きますと、木の柱に大きな字で書かれています。「心さえ誠の道にかなった生き方をしておれば、ことさら祈らなくても神は守ってくださるであろう」という意味です。ここでいう神は私たちが拝している神とはちがいますが、先ほどの「信じる者は儲かる」よりも、道徳的に次元が遥かに高いと言えます。良い歌です。

しかし私たちに「誠の道にかなった生き方」ができるかどうかが問題です。イエスは「わたしは道であり、真理であり、命である」と言われました。私は高校二年生のとき、はじめて聖書を読み、イエスの教えと生き方に感銘を受けました。イエス・キリストは理想の人間だと思いました。人格的な真理だと思いました。イエスにならってこの道を生きようとしました。しかしそれはまったく不可能だということが分かってきました。むしろ理想が重荷となりました。そこから年月がかかりましたが罪の自覚が生じ、キリストの贖罪愛《しょくざいあい》が必要不可欠なものになりました。そしてたどたどしい歩みながらも、信仰の先達や友の祈りと交わりに支えられて、キリスト者として生きてくることができました。

信仰を得れば、誠の道にかなった生き方ができるかというと必ずしもそうではないと思います。むしろ生きづからくなったり、よけいに苦しくなったりする面もあります。パウロはこう書いていています。「わたしは、自分の内には、つまりわたしの肉には、善が住んでいないことを知っています。善をなそうという意志はありますが、それを実行できないからです。……わたしはなんと惨めな人間なのでしょうか」（ローマ7・18－24）。このパウロの歎きは私の歎きです。すべてのキリスト者の歎き、呻きでありましょう。ルターは非常に深みのある言葉で、人間の心について、「おのが内へと屈曲した心、したがって究極には自己自身を愛し、神と隣人を愛さない心」と定義しています。この自己愛は、私たちの存在の底の底まで沁み渡っています。しかしそのような私たちのために、私たちに代わって主イエスは十字架について罪を贖《あがな》ってくださいました。その贖いによって義とされ、新しい生命に生きる者とされました。

私たちは新しい生命に生かされたいと思います。そのためにはどのようにすればよいのでしょうか。聖書を読むこと、礼拝をまもること、讃美歌を歌うこと、信仰に役立つ本を読むこと、信仰の友と交わること。このすべてはとても大切です。しかし最も大切なことは祈ることではないでしょうか。祈ることで、古き自分に死んで、新しい生命に生かされることができます。イエス・キリストにおいてそうであったように、祈ることで、神の御心を知り、同時に、それを生きる力が与えられます。奥田先生の文章を引用したいと思います。

所詮活動家は云ふかも知れない。祈りにふける如きは隠遁的な現実回避だと。これ全く祈りの本質を知らざるものと云はねばならない。祈りは自己の魂の要求にひたって夢の世界に魂を躍らせて恐悦することではない。我らの一切を求め給ふ聖なる人格の前にたつことである。自我の危機自我の否定の時である。人生これ程真剣な厳粛な、又これ程冒険なときはない。実に祈りの時は、罪あるものにとっては生命がけの戦場である。我等にとってこの時程全人格の活動するときはないのである。（「祈りの生活に就いての断想」）

祈りについて、簡潔で要を得たすばらしい文章です。祈りについて書かれた文章のなかでこれ以上のものはないとさえ思われます。

神の前に立つ祈りの時は、「自我の危機」「自我の否定」の時、「罪あるものにとっては生命がけの戦場である」とあります。神の前に立つとき自己の罪があらわにされます。自己は全否定されます。とうてい神の前に立ちえない自分を知ります。しかしそこからキリストの十字架を仰ぎ見るとき、古き自分の死と新しい生命の誕生が生じます。「キリストの愛は人間性を根柢より覆して新たにする」と奥田先生は別のところで語っておられます。

好本の文章を引用します。「自分の姿を神の鏡に照らしてみるとき、またキリストのみ前に相対するとき、私たちは自分が如何に罪深くあるかを知り、謙遜と悔い改めを覚える。そのときが、神の恵みを実感する始りである」。そして、好本は、自分の罪深さを知らされ、悔いし砕けし魂になることを、「自己義認のボロを脱ぎすてる」と、感銘深い言葉で表現しています。

再び奥田先生の文章に戻ります。

そして又祈の時程、人生厳かに感謝と力とにみたさるゝときとてはない。こゝにこそ我らの生活の根本的な力の源が存する。よき力強き生活は祈りによってのみ可能とせらるゝ。生活の敗惨者もこゝにのみ勝利と希望と確信とをあたへらるゝ。

この消息をパウロはキリストと共に死にキリストと共によみがえると表現しています。さらに次のように記しています。「わたしは、キリストと共に十字架につけられています。生きているのは、もはやわたしではありません。キリストがわたしの内に生きておられるのです」(ガラテヤ2・19－20)。わたしの内に生きておられるキリスト、これが私たちの生活の根本的な力の源です。これが肉に対する霊の勝利です。そこから感謝と希望が生まれます。

三　霊と肉

それでは聖書において肉と霊はどのように表現されているでしょうか。

わたしが言いたいのは、こういうことです。霊の導きに従って歩みなさい。そうすれば、決して肉の欲望を満足させるようなことはありません。肉の望むところは、霊に反し、霊の望むところは、肉に反するからです。肉と霊とが対立し合っているので、あなたがたは、自分のしたいと思うことができないのです。しかし霊に導かれているなら、あなたがたは、律法の下にはいません。（ガラテヤ5・16－18）

霊と肉は対立しあう関係にあります。そして私たちが祈るとき、そこにキリストの霊がはたらき、私たちがしたいと思っている悪いこと、すなわち肉の業が自然とできなくなるというのであります。先ほどお読みした、「ローマの信徒人への手紙」の七章に書かれていたパウロの歎きの反対です。それは、「自分が望むことは実行せず、かえって憎んでいることをする」、すなわち憎んでいる罪を行ってしまうということでした。ここでは、罪の業が自然とできなくなるということです。皆さんもそのような不思議な経験をされていると思います。それは、自分の意志に逆らって無理やり行うとか、努力精進を重ねて行うというのではないのですね。キリストの愛に捉えられると、あるいは、キリストがわたしの内におられると、キリストが私を通して霊の業を行ってくださる。そして、その「霊の結ぶ実は愛であり、喜び、平和、寛容、親切、善意、誠実、柔和、節制です」（ガラテヤ5・22）。

同じ消息を表現した好本の言葉を引用させていただきます。

祈りにおいて、栄えの御子の奇しき十字架を見上げるとき、私たちの自己義認と誇りと他人を審く心は微塵に砕かれ、……私たちは赦しと、神の驚くべき恵みをいただくであろう。そしてキリストの愛に迫られて、感謝と信頼をもって主に従わずにはいられない。聖霊によって歩むとき、私たちは、誘惑と悪とに打ち勝つように力づけられるだろう。

聖書に、「すべて良い木は良い実を結び、悪い木は悪い実を結ぶ。良い木が悪い実を結ぶことはなく、また、悪い木が良い実を結ぶこともできない」（マタイ7・17－18）という言葉があります。これを今、柿の木にたとえてみたいと思います。柿の木には大きく分けて三種類あります。一つは渋柿の木です。渋い実しかなりません。仮にこれを悪い木とします。悪い木にたとえるのは渋柿さんには気の毒ですが、我慢してもらうことにします。次に甘柿の木です。甘い実しかなりません。これを良い木とします。さらに、甘い実と渋い実の両方がなる木もあります。昔、私の家の庭に両方の実がなる大きな木がありました。祖父が登ってとってくれました。とても甘くておいしい柿です。実は円錐形で、甘い実はふっくらと丸みがあり赤みがかかって艶がありますが、渋い実はそれにくらべて細長く、黄色っぽくて艶がありません。ほぼ確実に外見で見分けることができます。なかには半渋もありますけれども。

キリスト者を柿の木にたとえると、渋柿の木ではないと思います。渋い実しかならないというわけではないからです。かといって甘柿の木でもありません。両方の実がなる木だと思います。私の場合、なるのはほとんどが渋い実ですけれども、ときどき甘い実もなる。ではどういうときに甘い実がなるかと考えますと、祈って、古き己に死んで、砕けた魂を与えられ、私の内にキリストが生きて働いてくださったときです。私のような木にも、ふっくらとした艶のある甘い実がなることがあります。そのとき、心に平安と喜びと真の生命があることに気づかされます。祈りを忘れ、自分の知恵と能力で事にあたると渋い実しかなりません。どのような良い行いをしても、事業に成功しても、活動の成果をあげても、それは渋い実でしかありません。

四　存在と行為のすべては祈りとなる

シュナイダーはこう言います。日頃の仕事の種類とそれに規定された生活の仕方は変化しえない。しかし仕事に向き合う心の態度は、今この瞬間に変化しうる。その変化は祈ることによってもたらされる。祈りを通して、自己自身の方向を向いていた心が神の方向へと向きを変えられる。そのような変化が測り知れない作用をもっていることをだれが疑おうとするであろうか。どのような心持で仕事にあたるかで、仕事の性格も変化する。その際、仕事の量の大小や、種類は問題ではない。要は生がどちらを向くかであり、主の方向を向いておれば、すべての働きは神の国の建設に役立っているのだとシュナイダーは考えます。それゆえ、自分の働きは小さく見えても落胆することなく主のために生きることを彼は求めます。

先ほども言いましたように、彼の生活の特徴は不断の祈りです。キリスト者にとって、祈りを欠けばキリストに従う活動は不可能になります。「祈りは —— よくそのように誤解されるが —— この世からの隠遁《いんとん》や、行為の断念であるのではない。祈りは行為の人間をつくる」。さらに、「祈りは行為の初めであり、強さであり、終わりである」と彼は言います。それが行為の初めであるのは、行為する前に神の意思のなかに入ってゆかなければならないからです。生まれながらの人間は、自己自身を求め、自己自身の方向を向いています。それを神の方向に転換するために祈りが必要とされます。さらに祈りが行為の強さであるわけは、行動しているあいだ、われわれの内にキリストの力が働くようにならなければなりませんが、その力は祈りを通して注がれるからです。さらに行為の終わりであるわけは、われわれが成し遂げた行為の結果をキリストに委ねなければならないからです。それはキリストのなされたことであり、何ら私たちの功績ではないからであります。したがって「我祈る、ゆえに我あり」の人は、すべて謙虚な人であります。

さらに、「祈りが行為の始めであり、強さであり、終わりである」場合には、もはや、「祈りと行為の区別はつかなくなる」、「存在と行為のすべては祈りとなる」とシュナイダーは言います。彼の作品も祈りであると言ってもよいほどです。好本もよく似たことを言っています。「またカール・バルトも、いかなる神学も、それが祈りとなることなしには結局、無力であるといっている。真の信仰は、常に活動的であり、愛において働くことであり、愛において働くことは祈ることなのである。祈りは習慣とならねばならぬ。かくして神が実りを与え給い、神の国が現れ、神の栄光があがめられるのである」。

祈りはまた父なる神と子なるキリストとの一つなる交わりに加えられることであります。愛の内にある命の交わりに加えられることです。キリストは私のために、そして友のために、隣人のために十字架に架かってくださいました。ここに愛があります。その愛の交わりのなかで、私たちは、これこそ充足された生命だと言える生命を経験します。これこそあるべき、またありたい自分だと確信できる自分を経験します。デカルトは考えることによって確かな自分を発見しましたが、私たちは祈ることによって本当の確かな自分を発見します。そのとき、私たちは愛の内にある魂の平安を見いだすことができます。魂の故郷に帰りえた平安です。それは「我祈る、ゆえに我あり」の事態であります。私たちは主を離れては本当の自分であり得ないのであります。そしてイエスというぶどうの木を離れては何もできないのであります（ヨハネ15・5）。

しかし私たちの人生にはさまざまなことが起こります。祈ることの大切さは分かっていても、祈れない時があります。なぜ神は私にこのような仕打ちをされるのかと思うことも起こります。眠られぬ夜を過ごすこともあります。呻くしかない時もあります。しかしそのとき、キリストも、キリストの霊も共に呻いてくださっていると聖書に記されています。「わたしたちはどう祈るべきかを知りませんが、〝霊〟自らが、言葉に表せないうめきをもって執り成してくださるからです」(ローマ8・26)。したがって私たちキリスト者にとっては、呻くことも、悲しくて流す涙も、苦みもだえることも究極的には祈りと成り得るのかもしれません。

第5章　苦悩する神の認識

一　預言者エレミヤとその預言

エレミヤに主なる神の言葉が臨んだのは、南王朝のヨシア王治世の第13年、すなわち紀元前626年のこととされています。そして紀元前586年の終わりまでつづきました。この年に南ユダ王国は新バビロニア帝国によって滅ぼされます。住民の主だった者たちはバビロンへ連行されました。いわゆるバビロン捕囚です。このことからも分かりますようにエレミヤは、ユダの歴史のなかで最も過酷な時代、文字通り国家滅亡にいたる激動の時代に、40年以上にわたって預言者として活躍しました。ところで、私が研究しているラインホルト・シュナイダーは、『エレミヤ——時代のなかの預言』という小篇ながら密度の濃い論文を書いています。今日お話しする内容は、彼のエレミヤ理解に負うところが多々あります。

（一）歴史の中で真理を語る

預言とは何でしょうか。シュナイダーは次のように語っています。「預言とは、神が命じたことを語ることを意味する。それとともに、人間が作ったものでも、人間に作ることができるものでもない真理を、歴史との関わりのなかで語ることである。……上からの真理とその担い手は、罪が刻み込まれ、不真実と欺瞞と虚偽が支配する領域へと遣わされる」と。したがって、預言者とは、神によって罪に満ちた世界に遣わされ、具体的な歴史との関わりのなかで、神の言葉を語る人間です。

エレミヤが預言者として神の召命を受けたのは二五歳のときでした。そのとき彼は、「ああ、わが主なる神よ。わたしは語る言葉を知りません。わたしは若者にすぎませんから」（エレミヤ書1・6）と言って辞退しています。彼はこの召命を負い切れない程の重荷として受けとめています。したがって、ここで、「エレミヤが語るのは、自分自身の衝動からではなく、神の委託を受けてのことなのである、ということが証明される。預言者というのは人間的な着想や計画をもって登場する改革者ではない」（A・ヴァイザー）。神に召されたという召命感と使命感のなかに、エレミヤが拠りどころとする権威と謙遜とがあります。それに対して旧約聖書の偽預言者たちは、いわば自惚れから、自分勝手な独断と独善に基づいて自分の願望や幻を語りました。生来のエレミヤは、内向的で臆病な人間であったと多くの人によって指摘されています。事実、この使命に耐えられなくなってしばしば嘆き訴えています。

主の名を口にすまい
もうその名によって語るまい、と思っても
主の言葉は、わたしの心の中
　骨の中に閉じ込められて
火のように燃え上がります。
押さえつけておこうとして
　わたしは疲れ果てました。
わたしの負けです。（エレミヤ書20・9）

このようにしてエレミヤは神に召され、国家存亡の危機のなかで神の言葉を語る使命を与えられます。

（二）言葉は出来事となる

預言者は、神の言葉を、時空を超越して語るのではありません。内容自体は普遍的なものであったとしても、それを具体的な歴史との関わりのなかで語る人間です。しかし彼の語る言葉は、単に語るだけでは済みません。それは現実の出来事となるとシュナイダーは言います。しかも彼自身の身において出来事となるばかりでなく歴史における出来事となると。

見よ、わたしはわたしの言葉を
あなたの口に授ける。それは火となり
この民を薪とし、それを焼き尽くす。（エレミヤ書5・14）

エレミヤの言葉は、実際に歴史的現実となりました。ユダに対する神の裁きの使者である新バビロニア王ネブカドレツァルによってエルサレムは焼かれ、神殿は破壊されることになります。預言は、われわれの語る言葉のように軽いものではなく、「歴史を形成し、未来を創造する力をもっています」（ヴァイザー）。けだし、自分の語った民族破局の言葉が現実となるということは、何という恐ろしいことでしょう。

（三）民の背信を弾劾する

エレミヤはユダの民が主に背いて神ならぬ神に心を寄せた背信・偶像崇拝を弾劾しました。さらに彼は国中にはびこる不正と悪事を弾劾します。それは民が神に背いたからです。真実の神から離れると、人間は私利私欲に走ります。偶像礼拝は、自分の欲望をかなえてくれる神を神とすることです。

（四）滅びの預言

エレミヤは、北からの災いについて語りました。それは、主なる神がバビロニアという国を用いて、ユダの国と国民を滅ぼし尽くすというものでした。

あなたの町々は滅ぼされ、住む者はいなくなる。
それゆえに、粗布をまとい
嘆き、泣き叫べ。
主の激しい怒りは我々を去らない。（エレミヤ書4・7－8）

（五）心の転換を促す

国が滅ぼされようとしているのは、民が神に背いているためです。それゆえ、エレミヤは民に向かって、犯した罪を認め、悔い改めて主に立ち帰れと呼びかけました。

あなたたちの心の包皮を取り去れ。
さもなければ、あなたたちの悪行のゆえに
わたしの怒りは火のように発して燃え広がり
消す者はないであろう。（エレミヤ書4・4）

二　仲介者

エレミヤは国を愛し、国を憂える人でした。しかし単に民族や国家の利益と繁栄を願うという意味でのナショナリストではありません。国民と神の間に立って執り成す人でした。エレミヤは神によって、「あなたはこの民のために祈ってはならない。彼らのために嘆きと祈りの声をあげてわたしを煩わすな」（同7・16）と国民のために祈ることを禁じられます。執り成しの祈りをしてはならないというのは奇妙な言葉です。しかし、このことから逆に、その執り成しの祈りが常軌を逸するほどに執拗であったことが推測できます。

アルチュール・ヴァイザーという旧約学者は、エレミヤの預言者としての重要な任務は、「魂のみとり手としての任務」であると解し、「民と共に苦しむ愛から、この上なく様々に形を変えて、繰り返し響きわたる悔い改めへの勧告がエレミヤの説教の重要な主題となる」と指摘しています。その通りだと思います。一般に、預言者は神の側に立つ人間であり、民に対する神の使者であると考えられていますが、エレミヤは神の前で民の代理者、あるいは民の代弁者でもありました。シュナイダーの言葉によりますと、預言者とは、「裁きを告知しながら、裁判官が姿を現さないことを希求する人」のことです。至言だと思います。エレミヤは冷静に国民から距離をとって滅びの警告を発したのではありません。また、もしその預言が的中したら、エレミヤは、自分の言葉が正しかったことを喜ぶでしょうか。彼は自分の預言が現実に起こらないことを願いながら、いや、起こらないことを願うがゆえに預言しています。

三　共に苦しむ人

さらにシュナイダーは次のように述べています。エレミヤは、自分の身のことを思っていないし、自分の正しさを主張しているのでもない。国民のことを思っている。国民に対して憤りながら愛しているのである。それにもかかわらず、エレミヤは国民によって、裏切り者、国民の敵とみなされた。それは国民に向かって神の審判を叫び、滅びを預言したからである。人々は信仰と勝利とを直接的に結びつける。戦いに勝つと、神に愛されていると信じ、未来も安全だと思う。逆に、信仰をもっているから勝利することは疑いないと考える。そして未来を自分の希望像によって描く。しかしエレミヤはそのような旧約時代の一般的な政治的判断に反することを語ったと。彼は国の滅びを予知し、バビロニア軍に降伏し、そのくびきを負うようにと説きました。それは国民にとっては、戦いの勇気をくじくことに他なりませんでした。そのため、エレミヤは敵に通じる者、バビロニア政府のスパイであるとすら見なされました。中傷され、迫害を受け、孤独でした。にもかかわらず、彼の国民への憂慮は最後まで変わりませんでした。自分の預言の内容、すなわち迫っている国民の災いと苦難を思い、それを先取りする形で苦しみました。

わたしのはらわたよ、はらわたよ。
わたしはもだえる。
心臓の壁よ、わたしの心臓は呻く。（エレミヤ書4・19）

わたしの嘆きはつのり
わたしの心は弱り果てる。
見よ、遠い地から娘なるわが民の叫ぶ声がする。（エレミヤ書8・18－19）

娘なるわが民の滅亡ゆえに
わたし（エレミヤ）は打ち砕かれ、嘆き、恐怖に襲われる。
（……）
わたしの頭が大水の源となり
わたしの目が涙の源となればよいのに。
そうすれば、昼も夜もわたしは泣こう
娘なるわが民の倒れた者のために。（エレミヤ書8・21－23）

彼は何度も殺されそうになりました。水溜りに投げ込まれて、泥のなかに沈んだこともありました。エルサレムの町がバビロン軍によって包囲されている時には、飢えに苦しめられました。しかしシュナイダーの理解によると、最も恐るべき苦しみは、そのような外的なものではなく、彼自身の内にありました。すなわち、彼が人間的な思いからはそうであってほしくなかったこと、すなわち預言が正しいものであることが実証されようとしていることであり、後にはついに実証されたこと、神によって語らされた言葉と呪いが歴史的に現実となったことでした。さらに、エレミヤは「神の内なる矛盾」に苦しみました。神はユダの民を選び、その救済を約束していたにもかかわらず、神はそのユダを滅ぼそうとしている。神は創造と歴史の意味を破壊しようとしている。神が行おうとしていることは理解不可能である。エレミヤはこの神の約束と現実の歴史の「破壊的な矛盾」に苦しんだ。シュナイダーはそのように解釈しました。そして、「言葉が彼の身に生じているかぎり（自分が神から語ることを強いられ、そしてその言葉が歴史の現実となっているかぎり）、自分のなすべき預言に対する憎しみは荒れ狂わざるをえなかった」、エレミヤは「閉ざされたドアの前で黙り込む」と述べています。自分の生まれた日を呪うほどでした。

シュナイダーもナチスの時代に苦悩を経験しました。どれほど苦しんだかは、推測することもできません。まず、彼は、今生じている事柄に対して罪も責任もない人々——たとえば子どもや母親やユダヤ人や政治犯——が理不尽に苦しみ死んでゆく事実を前にして、不可解な隠れた神に苦しみました。また彼がドイツ国民の未来に見たのは、エレミヤと同じように神の裁きと滅びでした。彼は、やはりこの点でもエレミヤと同じように、国民の災いと苦悩を思い、それを先取りする形で苦しみました。しかしそればかりでなく、事態はさらに過酷でした。国民は、個人の罪とは別に、国家あるいは組織の罪という現実の前に立たされていました。何もしないことはその罪を是認することになります。しかし、何とかしなければならないと思っても、行動の起こしようがないような事態でした。そこでは個人の良心の自由も悔い改めも無力であることが露呈されます。彼はこうした事態と、そこに立たされた人間の運命に苦悶しました。彼は「裸の十字架の前で立ち尽くした」と書いています。裸の十字架とは、「キリストがはりつけになったそのままの十字架」のことです。具体的には陰部を布や木の葉で覆っていない十字架ですが、残酷さと恥辱・悲惨さを修正されていない十字架です。

このようにエレミヤは出口のない「閉ざされたドア」の前で言葉を失い、シュナイダーは裸の十字架の前で立ち尽くしました。

四　苦悩する神の認識

エレミヤは神と民の間に立って苦しみましたが、その苦しみのなかで、苦悩する神に出会うことになります。

主はこう言われる。
ラマで声が聞こえる
苦悩に満ちて嘆き、泣く声が。
ラケルが息子たちのゆえに泣いている。
彼女は慰めを拒む
息子たちはもういないのだから。

主はこう言われる。
泣きやむがよい。
目から涙をぬぐいなさい。
あなたの苦しみは報いられる、と主は言われる。
息子たちは敵の国から帰って来る。
あなたの未来には希望がある、と主は言われる。
息子たちは自分の国に帰って来る。（エレミヤ書31・15－17）

ラマは北イスラエルと南ユダの国境近くにある北イスラエルの町です。ラケルは、ヤコブの妻の一人で、ヨセフとベンヤミンの母、この二つの部族の女子祖先です。エフライムも北イスラエルの町です。したがってこの個所は北イスラエルについての預言です。

北イスラエルは100年ほど前に滅んでいます。その産みの親であるラケルは、息子を失ったゆえに泣いています。子どもをなくした母親の嘆き悲しみほど深く、癒《い》えないものは外にないと思います。慰めの言葉をも寄せつけないほどに深いものがあります。私の母も、最初に生まれた娘を6歳のときにジフテリアで失いました。その悲しみと後悔を私は何度聞かされたか知れません。その後、母は四人の子どもを授かったのでありますが、悲しみは消えませんでした。私の娘

（母にとっては孫）が6歳ぐらいになったころ、今までいわゆる「目に入れても痛くないほど」可愛がってくれていた母が急に厳しく娘にあたるようになりました。下の娘にも同じでした。私の妻は、義母がなぜ、人が変わったように厳しく叱りつけるのか解せないと言いました。私はこう思いました。またそのように妻に語りました。六歳ぐらいの女の子を見ると、亡くした子どもの姿がよみがえるのではないか、しかもその姿は理想化されていて、その姿と孫とを無意識に比較していて、孫の欠けが増幅されて見えるのではないかと。過去のトラウマがそうさせているのだと。そう考えないと子ども好きの母の豹変ぶりが理解できません。

私の最初の記憶（3歳と2、3か月の頃の記憶です）は、竹の杖と、黒い牛と飛行機と冷たい水です。幼い頃は、それが何を意味するか分かりませんでしたが、成長するにつれ次第に分かってきました。竹の杖は、家の近くに生えていた通称だるま竹で祖父が作ってくれたもので、それを持って姉の埋葬される墓場までいきました。だるま竹というのは根元に近い所ほど節が密になっていて、握りやすく、杖や釣竿に用いられました。私は、姉の代わりに杖をついて墓場まで同行する役割を与えられたのでした。切ないことに、幼い私には姉の死の悲しみは分からず、その杖のにぎり具合が良いのでとても気に入った記憶だけが残っています。姉の病気が移って私もジフテリアを患いました。母が町の医者まで乳母車に載せて連れて行った帰りに、アメリカ軍の機銃掃射の飛行機を目にして母は急いで人家に駆け込みました。そこに黒い牛がいて、びっくりしたような、とても大きな目をしていたことをはっきりと覚えています。飛行機が去ってしばらくしてから、母はその人家を出ました。ところが飛行機は戻ってきました。しかし近くに人家はありません。母は溝に私を仰向けに横たえたのだと思います。とても背中が冷たかった記憶があります。そして恐らく母は私の上に覆いかぶさったのであろうと推測します。自分が盾になって子どもを銃弾から守る。私の母にかぎらず一般に母とは、とっさにそのような行動をとるもののようです。だからこそ子どもを失った母の悲しみは大きく深いのだと思います。

主はこう言われる。
泣きやむがよい。
目から涙をぬぐいなさい。
あなたの苦しみは報いられる、と主は言われる。
息子たちは敵の国から帰って来る。
あなたの未来には希望がある、と主は言われる。
息子たちは自分の国に帰って来る。（エレミヤ書31・16－17）

100年前に捕囚になった人々の子孫が帰って来るというのです。聖書の父なる神においても、先ほど述べたような母性を併せ持っているかのように、子（息子）を失った悲しみは同じように深い、あるいはそれ以上に深いものがあります。

エフライムはわたしのかけがえのない息子
喜びを与えてくれる子ではないか。
彼を退けるたびに
わたしは更に、彼を深く心に留める。
彼のゆえに、胸は高鳴り
わたしは彼を憐れまずにはいられないと
主は言われる。（エレミヤ書31・20）

「エフライム」は町の名前ですが、北イスラエルを表すこともあります。ここでは、すでに滅んでいる北イスラエルのことを指します。神の怒りによって滅ぼされました。紀元前722年、アッシリアの侵攻によりサマリアが陥落し、指導者たちは捕囚として連行され、王国は滅亡しました。国に残ったものも多数いたと思われますが、他の民族とまじりあって存在が不明となりました。しかし、神は北イスラエルを退けるたびに、審判をくだすたびに、自分の愛する民を深く心に留めると語っています。憐れみ、心を痛めると。新共同訳で「胸は高鳴り」となっているところは、昨年出版された聖書協会共同訳では「私のはらわたはもだえ」となっています。ルター訳では「胸がつぶれる」、ドイツ語共同訳では「心が奥底からかき乱される」となっています。ホセヤ書11章8節、イザヤ書63章15節にもよく似た表現が見られます。

エレミヤが出会っている神は火のように怒りを発する神です。しかし実は、「神にとって怒りは苦痛そのものである」と考えられます。「彼を退けるたびに（彼を罰するたびに）」は「彼について言及するたびに」と訳すことも可能です。しかし、たとえそのように読んだ場合でも意味はほとんど変わらないと思われます。ひとたび退けたわが子について言及するたびに、思い起こすたびに、神は腸《はらわた》がよじれるほど心を痛めるという意味になります。

エレミヤ書全体からすると神の悲哀の声、嘆きの声はけっして大きくはありません。しかし、小さくはあっても神の悲哀の声を聞き取ることができます。そして、それを聞き取ることのできる人間には、新たな未来の可能性が開かれます。このように、神の怒りの背後に、愛する民のために苦悩する神を知るとき、民の破滅を越えて救いが見えてきます。エレミヤにはそれが見えました。

エレミヤ書に書かれている預言の順序は、災い、次いで救済の約束となっています。しかしヴァイザーは、「『まず災い、その後に救済の約束がくる』といった類の解釈は表面的にすぎる」、両者は併存、相互浸透していると述べていますが、正しい解釈であると思います。

エーミル・ブルンナーは、「苦しむことができない存在は、愛することもできない存在である。愛にもっとも満ちている存在はもっとも苦しみを感じうる存在である」(『我は生ける神を信ず』)と語っています。その通りだと思います。そのような存在にエレミヤは出会いました。

「見よ、わたしがイスラエルの家、ユダの家と新しい契約を結ぶ日が来る、と主は言われる」(同31・31)。そうエレミヤは預言しますが、それは上記の苦悩と一つである神の愛に基づく、かつ、その愛のみを根拠にする契約です。その内容は、「すなわち、わたしの律法を彼らの胸の中に授け、彼らの心にそれを記す。わたしは彼らの神となり、彼らはわたしの民となる」(同31・33)というものです。旧約聖書の最も重要な個所、その最高峰と呼ばれているところです。「彼らの心に律法を記す」とは、民が神を知ることによって、おのずからにして律法を満たすことができるようになるということです。この新しい契約の締結はエレミヤの時代はもとより、その数百年後にも実現せず、イエス・キリストの十字架の贖いによって初めて可能になりました。すなわち、愛する民のために命を捨てる神の死によって可能になりました。とはいえ、このようにエレミヤは、民のために自己をも犠牲にする神の愛を予知した預言者でした。

シュナイダーもまた、「裸の十字架」の前に追いやられ、そこに立ち尽くすなかで、民のために苦悩する神を知ります。民のために自ら犠牲となる神の愛を。彼は次のように書いています。「神の苦悩。それは民を抱きしめる愛の苦痛である。その愛は、人間の罪によって傷を負わされ、人間によって捨てられ、人間のために自己を犠牲にする愛である」。

神は、自分を無にしてへりくだり、人間と同じ姿を取り、苦悩する人間のもとにまで降りて来て十字架の死を遂げられました（フィリピ2・6－8）。そのようにしてキリストは私たちのすべての罪と苦悩を、破れと傷と病を担ってくださいました。キリストの苦悩のなかに隠され、守られていない苦悩はもはや地上には何一つ存在しないのです。シュナイダーにとって、この卑しく悲惨な姿をとった神、十字架にかかった神、「断末魔の苦しみの内にあるキリスト、そして今なお苦しみの内にあるキリスト」が信仰・信頼の対象です。

五　神なき世界に降りるキリスト

イエス・キリストの十字架上の苦痛はどれほどのものか、誰にも測り知ることはできません。しかしイエスにおいて苦悩・苦痛の極みは、肉体的なものではなく、精神的なものでした。「三時にイエスは大声で叫ばれた。『エロイ、エロイ、レマ、サバクタニ。』これは、『わが神、わが神、なぜわたしをお見捨てになったのですか』という意味である」（マルコ15・34）。

イエスは父なる神に見捨てられて、地獄にまで落とされました。地獄とは、神のおられない所を意味しています。それは神なき世界にいる私たちすべてのところに下りてくださったことを意味します。私たちはすべて罪の中にいます。そして罪とは神に背をむけること、神に背くことです。神なしにあることです。「彼らは空しいものの後を追い、空しいものとなってしまった」(エレミヤ書二・五)。これが私たちです。私たちは神に従わず空しいものの後を追います。そのような私たちを神の元に連れ戻すためにキリストは私たちのところにこられました。

イエス・キリストは蘇って生きておられます。しかしその方は、力強い栄光に輝く姿をとって遠く離れて高い所から見下ろしておられるのではないと思います。苦悩する神、十字架につけられた神として、今も、いつでも、どこでも私たちと共におられます。

六　人格的関係のなかでの啓示

ご存知のとおり、目に見えない神の本質・真理を神自身が人間に顕わされることを啓示と呼びます。しかし啓示は、ある時突然、神から一方的に幻のように降り注ぐものではありません。信仰は、神が人間に語りかけ、人間がそれに応えるという人格的な関係です。「悪人に出会うと悪人になり、善人に出会うと善人になる」という言葉は人間関係の真実を的確に言い表わしています。同調するという意味でなく、人間は出会う相手によって別の自己になります。神と人との関係においても同じであると思われます。奥田成孝先生は詩編18編の次の言葉を引用して、「こちらの心の様如何《さまいかん》によって神の御顔が様々に変わる」「神は人間の自覚の程度に応じて自らの姿を示し給ふ」と語っておられます。これは非常にゆゆしく恐ろしいことです。

あなたの慈しみに生きる人にあなたは慈しみを示し
無垢な人には無垢に
清い人には清くふるまい
心の曲がった者には背を向けられる。（詩編18・26−27）

すでにお話ししましたように、「出口のない苦しみ」のなかで、エレミヤには、今までほとんど誰にも知られなかった神の姿が見えてきました。新しい神の姿の発見です。民のために苦悩しつつ神と向き合い、神と生死を決するような格闘のなかで、神が姿を現されました。そのようなことはイザヤにも起こりました。ルターにも、ボンヘッファーにも、シュナイダーにも起こりました。シュナイダーは16世紀に生きたスペインの神秘主義者たち、およびパスカルとウナムーノから苦悩する神、恥辱と弱さのなかに姿を現す神を学びました。そして、自身の苦しい経験を通してそのような神のリアリティーは深まっていきました。

しかしまた、そのような応答的啓示は、偉大な信仰者や思想家にのみ起こるのでしょうか。そうではないと思います。程度の差は大きいとはいえ、私たちにも起こり得るのではないでしょうか。罪との戦いのなかでもがき苦しむとき、弱さや破れに苦しむとき、人間関係に苦しむとき、組織のなかで苦しむとき、病に苦しむとき、その他どのような苦しみであれ、それを通して神を仰ぐとき、苦悩する神の姿が少しずつ鮮明に見えてきます。少しずつであっても見えてくるはずです。苦悩する神が絶対必要不可欠なものになってゆきます。

「涙の数ほど優しくなれる」という歌詞があります。受け止めようによってはセンチメンタルにも響きますが、インパクトのある言葉です。私たちが苦しみや悲しみの涙を通して神を見上げると、苦悩する神が見えてきます。その神が私たちの傍にいてくださる。内にいてくださる。すると自然にこのような自分も、苦しむ人の傍らに行けるようになります。優しくなれるのです。私たちは、神にあって初めて「涙の数だけ優しくなれる」のだと思います。

七　神と共なる生涯

フレミング・ジェイムズは、エレミヤに見られる著しい特徴として、他の預言者たちが神に対して完全に受け身であり、神の言葉の代弁者であるのにくらべ、エレミヤの場合は、絶えずどこかで「私」が顔を覗かせると指摘しています。彼は神に対して拒んだり、あらがったり、嘆き訴えたりしています。エレミヤは神と対話しながら生きました。そこに、神とのつながり、神との一体性の強さが見られます。その一体性が神との共感となって表れ、彼は「神の気遣いを気遣う思いに心をかき立てられます」（A・J・ヘッシェル）。すでにわれわれは、エレミヤが民の側に近い預言者であることを知りましたが、同時に神に近い預言者でもあります。彼は神に帰ることによって力を与えられました。

あなたの御言葉が見いだされたとき
わたしはそれをむさぼり食べました。
あなたの御言葉は、わたしのものとなり
わたしの心は喜び躍りました。（エレミヤ書15・16）

ヴァイザーは、「エレミヤにとって、神と交わること、神の言葉に仕えることは生の楽しみ、また歓喜を意味していた。……エレミヤもまた、神へのまったき信頼と服従に身をゆだねるなかで、その生に何ひとつ欠乏のない時を知っていたのである」と指摘しています。そういう体験がエレミヤという預言者的実存の底にあったと考えられます。

さらに、すでにお話ししましたように、エレミヤは「共に苦しむ預言者」でした。彼は神の側に立ち、神の心と一つになって、民に向かって怒り、悲しみ、忍耐し、神と共に、神のために苦しみました。しかし他方また、彼は民に災いを告知しなければならず、そのことによって神の裁きの一端を担わされていることに苦悶しました。彼は、民の側に立ち、民の災いと破滅を先取りする形で苦しみました。このように、エレミヤは神のために共に苦しむという意味においても、また民の苦しみを共に担うという意味においても、さらには民によって罵られ、さまざまな苦しみをなめさせられるという意味においても、かなりの程度においてイエス・キリストを前体験していると考えられます。

第6章　神は私たちと共におられる

今までに体験したことのないクリスマスを迎えています。このような時だからこそ共に集うことの重要さを思う一方で、キリストの名による集いが感染の場になるようなことは決してあってはならないと思います。そのようなジレンマのなかで私たちは忍耐を強いられています。

クリスマスが近づくといつも二つのことを思い出します。クリスマスの音楽とラインホルト・シュナイダーの「聖夜のなかにすでに聖金曜日が含まれている」という言葉です。ちなみに聖金曜日はイエス・キリストの受難日です。

私は幼少のころ病弱でした。二学期の授業が終わると毎年のように体調を崩して床についていました。そして、苦しみと侘しさを紛らわすために一日中ラジオをつけたままにし、そこから流れてくるクリスマス音楽をただぼんやりと聞いていました。この体験のせいか、讃美歌の中でも特にクリスマスの讃美歌は心にしみてきます。また、今から振り返ると、私がキリスト教に抵抗感なく近づくことができたのも、病床で聞いたクリスマス音楽のおかげかもしれません。そのような意味で、病床の体験は私にとって貴重であったと言えます。それゆえにまた、降誕節の喜びが情緒的なものにならないように自戒したいと思います。

シュナイダーは最晩年の冬、3か月ほどヴィーンに滞在します。降誕節に、画家のハンス・フロニウス（1903 - 1988）から彼の元に一枚のグラフィックが届けられました。それは死んで十字架から降ろされたキリストを抱く母マリアの画でした（このモチーフは13世紀ごろに一般化したもので、聖書を典拠にするものではありません）。それを目にして次のように書いています。「ピエタである。死の闇に横たわる息子を嘆く、慰めのない嘆き。……この時代状況のなかで神の像はますます深く死の闇のなかへと消えてゆく。あたりを取り巻く無慈悲な岸壁の間で母の嘆きは孤絶する。しかし他のどこに希望があるだろうか。……打ち負かされることのない母と子の二つの姿である。したがってクリスマスにはピエタである。ここで神が人となることは完成する。被造物のなかへの、この世の闇のなかへの神の究極の歩み」。さらに彼はつづけて、主の生誕を祝うクリスマスの意味は、その死によって充足する。そういう意味で、キリストの受難日である聖金曜日はすでに聖夜のなかに含まれている、と語ります。彼は、持病の腸閉塞が悪化し、自分がもはや何をしているのか分からないほどの痛みと闘いながら、震える手で殴り書きのようにこの文章を書きました。そのため表現に粗いところ、意味のつかみにくいところがあります。謎めいていますが含蓄のある言葉です。この言葉を手がかりにクリスマスについて考えたいと思います。

クリスマスは救い主イエス・キリストの誕生を祝する日ですが、例年ですと、巷にはキリスト不在のきらびやかなクリスマスでにぎわいます。キリスト者である私たちにおいても、イエスの誕生だけを切り離して祝い楽しむ傾向がないとは言いきれません。「聖夜のなかにすでに聖金曜日が含まれている」「クリスマスにはピエタ」という表現は、生誕だけを切り離すのではなく、十字架の死に至るまでのイエスの生涯全体を想起するなかで、その生誕を祝う必要を訴えているのだと思われます。フィリピ書2章6節から8節にキリストの受肉について語られています。シュナイダーはそれを踏まえて、キリストは神でありながら人間の姿をとり、人間およびすべての被造物なかに、すなわちこの世の闇のなかに入って来られ、その歩みの究極の場所が十字架であったと考えています。「主の生誕を祝うクリスマスの意味は、その死によって充足する」と。

ところで、「マタイによる福音書」と「ルカによる福音書」の生誕物語には、十字架の死が暗示されているところが数か所あります。イエスがお生まれになったとき、東方の占星術の学者たちがエルサレムにやってきますが、彼らはイエスのことを「ユダヤ人の王」(マタイ2・2)と呼んでいます。そしてイエスが十字架につけられたとき、その頭の上には「これはユダヤ人の王イエスである」という罪状書きが掲げられます(マタイ27・37)。また学者たちはひれ伏して幼子イエスを拝み、黄金、乳香、没薬を贈り物として献げます(マタイ2・11)。黄金は王に、乳香は祭司に献げられるべきもの、そして没薬は死者のためのものです。イエスの遺体はユダヤの習慣に従って亜麻布に包み、没薬を添えて葬られました。さらに小友聡氏は、幼な子イエスが布にまかれて飼い葉桶に寝かされていることに注目し、「主イエスの遺体が亜麻布でまかれて、墓に納められたことを先取りした表現ではないでしょうか」と述べておられます（『共助』２０１４年第8号）。示唆に富む解釈だと思われます。ルカ福音書によれば、両親が幼児イエスを主なる神に献げるためエルサレム神殿に連れて行ったとき、老シメオンは、母親のマリアに「あなた自身も剣で心を刺し貫かれます」（ルカ2・35）と語っています。これはピエタ像のモチィーフにつながるとも考えることができます。ともあれ、イエスの誕生物語には祝福の響きと同時に、貧しさ、悲惨さ、孤独が通奏低音として流れています。シュナイダーはピエタ像にことよせて、「母の懐に抱かれた死体のなかで、幼児キリストの無力と無防備さが繰り返されている」と語ります。

なぜ世の救い主がこのような受難の生涯を送らなければならなかったのでしょうか。彼は神の聖と愛を体現する方、いわばその代行者として人間のもとに、この世の闇のなかに来られました。インマヌエルすなわち「私たちと共におられる神」として。そして神の愛は苦しむものと共に苦しむ愛です。イエスは自分が来たのは、健康な人、強い人、権力のある人、自分を正しいとする人のためではなく、病める人、弱い人、重荷を負う人、罪に苦しむ人々のためであると言われました。イエスは「人々のなかで神の愛を生きること以外は何もなさらなかった正しい人」（ブルンナー）です。しかしそのことが、この世の罪を暴くことになりました。「多くの人の心にある思いがあらわにされました」（ルカ2・35）。それゆえに、権力のある人間、自分を正しいとする人間に殺されなければなりませんでした。

イエスは人間の罪の業の犠牲として十字架の死を遂げられました。しかしそれは、ゲッセマネの園での祈りからも分かるように、神の御心に従った行為でもありました。イエス・キリストは私たちの罪の贖いのために、私たちの受けるべき罰を代わりに受けてくださったことにより、私たちは罪を赦され、義とされ、自由とされ、新しい命に生かされています。さらにイエスは十字架上で、「エロイ、エロイ、レマ、サバクタニ（わが神、わが神、なぜ私をお見捨てになったのですか）」（マルコ15・34）と叫ばれました。この瞬間、イエスは自分が神によって棄てられたと感じられました。地獄を「神のおられないところ」と定義しますと、イエスは地獄に落ちられたことになります。しかもなぜこのような仕打ちを受けなければならないのか、その理由も意味も示されることはありませんでした。ダンテの「神曲」では、地獄の門の入り口に「すべての望みを捨てよ」と書かれています。イエスは無意味と絶望の淵にまで沈まれました。

お生まれになったとき宿るところも与えられなかったイエスは、人々に棄てられ、弟子たちにも裏切られ、父なる神にも棄てられました。あらゆるものとの関係を絶たれ、孤独のうちに、いわば存在のゼロ地点まで入って行かれました。キリストは目に見える姿をとった神そのものですから、ここに私たちは、人間の最も暗い状況のなかにまで入られた神、へりくだる神、恥辱と弱さのなかに姿を現す神を認めます。「この究極の場所、啓示の最も暗い局面に謙虚にあずかること、それが信仰である」とシュナイダーは言います。なぜキリストはゼロ地点まで落ちられたのでしょうか。それはゼロ地点にある者と一つになるためです。そこに沈んだ者の神喪失と苦悩とを己がものとし、それを担うためです。それはすなわち、すべてのものを再び結び合わせるためでした。神と人とを、人と人とを、そして人と他の被造物とを。それを聖書は「平和」と呼んでいます。結びつける帯は、へりくだる愛、仕える愛です。苦しむものと共に苦しむ愛です。「わが神、わが神、なぜ私をお見捨てになったのですか。しかしその苦しみのなかにも絶対的な帰依があった」とシュナイダーは語ります。私どものために、愛する独り子さえも犠牲にする愛（その愛には独り子への愛も担保されているはずです）、棄てられるなかでも、なお父の愛を信じ抜く絶対的な帰依、この父と子の一つなる交わりのなかに入れられること、これが聖書のいうキリスト教の信仰です。

現代は、今さえ良ければ、自分さえ良ければ、金さえ儲かればよいという時代です。人類が新型コロナウイルス感染に苦しんでいるなか、このような譬えは不謹慎かもしれませんが、現代社会は刹那性と快楽依存、エゴイズム、利潤追求というウイルスにも侵されています。さらに人間は神あるいは精神的基軸を喪失したため、善悪の尺度を失い、無価値と無意味と虚無のなかに捉えられています。ニヒリズムというウイルスが広く世界を蔽っています。これらのウイルスの恐ろしいところは、侵されていても無自覚である点です。私たちは時代の子どもですので、程度の差はあれ、キリスト者もこれらのウイルスに感染している点で変わりはありません。そこに信仰の困難さがあります。神の存在感は希薄になり、「この時代状況のなかで神の像はますます深く死の闇のなかへと消えてゆく」感を深く覚えます。自分の不信仰を時代のせいにするのは責任逃れの感を免れませんが、やはり事実は事実として認めて自覚的に時代を生きる必要があると考えます。しかし、もう一つ恐るべきウイルスが存在します。罪というウイルスです。これは時代の違いを超えてグローバルに人類を侵しています。そしてこのウイルスが他のすべてのウイルスの発生源であると言えます。

罪とは何でしょうか。不誠実、自己愛、傲慢、神に背く心等、さまざま言葉で説明されてきました。罪は究極的には定義不可能なものかもしれませんが、キリスト者においては、自己の内に絶えず罪との闘いがあって止むことがありません。信仰のなかにも、祈りのなかにも、感謝のなかにも侵入してきます。この原稿を書いている今も、さまざまな姿をとって顔をのぞかせます。イエスは、ファリサイ派の人々が「律法の中で、どの掟が最も重要でしょうか」と尋ねたとき、「心を尽くし、精神を尽くし、思いを尽くして。あなたの神である主を愛しなさい」、「隣人を自分のように愛しなさい」（マタイ22・37、39）という二つの掟をあげ、そこに律法全体が総括されうると語られました。この二つ掟を守りえないこと、それが罪の本質だと思われます。

「苦しむものと共に苦しむ神」は、完全に人間の状況のなかに入ってこれらました。人間の罪のなかに、病のなかに、苦悩のなかに、さまざまなウイルスに侵されている人間のあらゆる状況のなかに。神喪失のなかに、絶望のなかに、そして地獄のなかにまで。そして、イザヤ書五三章で預言されていたように、彼の受けた懲らしめによって、私たちに平和が与えられ、彼の受けた傷によって、私たちは癒されました。ここに神の愛があります。これがクリスマスのプレゼントです。このプレゼントを受け取る者のなかに新しい命、新しい創造が始まります。罪に侵された人間にも神を愛し、隣人を愛する可能性が開かれてきます。そして罪赦された者の群れ（エクレシア・教会）が生まれます。

主キリストは「私たちと共におられる神」として今もなお生きて働いておられます。それは、キリストの十字架上の苦しみは今も持続していることを意味しています。私たちを義とする贖《あがな》いも日々つづいています。ここに希望があります。そしてパウロが「わたしにとって、生きるとはキリストである」（フィリピ１・21）と言っていますように、私たちの人生はキリストを目的としています。時が満ちて、キリストが再び来られるときには、キリストを顔と顔を合わせて見ることができ、はっきりと知られているようにはっきりと知るようになり（Ｉコリント13・12）、私たちはキリストと全く同じ姿に変えられます。これは私たちの究極の希望です。そのとき罪との闘いも終わります。したがって私たちにとってクリスマスは、この再臨のキリストを待ち望む時でもあります。

マルティン・ルターの作った子ども讃美歌のなかに、イエス様を「僕の心の部屋のうちに」お迎えするという言葉があります。また一七世紀ドイツの神秘主義者A・シレジウス（1624 - 1677）は「たとえキリストがベツレヘムに幾千回生まれようと、もしあなたの内に誕生されなければ、あなたは永遠に滅びてしまうであろう」と語っています。私たちも心の内に、大きな喜びをもってイエス・キリストをお迎えしたいと思います。しかし同時に、イエス・キリストの十字架は私の、私たちの罪の裁きでもあることを思うとき、安易にこの言葉を発することに躊躇を覚えます。喜びと共に畏れをもって、私たちの心の内に、私たちの交わりの内に主を迎えたいと思います。「その憐れみは代々に限りなく、主を畏れる者に及びます」（ルカ1・50）。

第7章　人生の目標――わたしにとって、生きるとはキリスト

はじめに

今日は「人生の目標」という大きな標題を掲げましたが、これは、私たちのだれもが若い頃に一度は真剣に考え、悩んだ問題であろうと思います。しかし人生が一定の方向を取って走り出すと、身近なことがらの解決が生活の目標になって、人生の目標という問題はいつの間にか忘れ去られてしまいます。とはいえ、すべての人に、やがて、もう一度この問題を真剣に尋ねざるをえなくなる時が訪れるのではないでしょうか。高齢になると私たちはこう自問するでしょう。「自分なりに一生懸命に生き、心配と労苦を重ねてきたが、いったい自分の一生は何だったのであろう」と。

森鷗外（1862 - 1922）の小説『青年』（１９１０）に次のような段《くだり》があります。

一体日本人は生きるといふことを知ってゐるだらうか。小学校の門を潜ってからといふものは、一しょう懸命に此学校時代をかけぬけようとする。その先には生活があると思ふのである。学校といふものを離れて職業にあり附くと、その職業を為し遂げてしまはうとする。その先には生活があると思ふのである。そしてその先には生活はないのである。

現在は過去と未来との間に画した一線である。此線の上に生活がなくては、生活はどこにもないのである。

そこで己《おのれ》は何をしている。


鴎外がこの小説を書いてから110年経ちました。しかし日本人の生活は少しも変わっていないように見えます。学びはある、仕事はある、しかし生活はどこにもないと言えば言い過ぎかもしれませんが、その内容は乏しく見えます。定年退職後、何もすることがなく、退屈でしょうがないという人が随分と多いようです。人生は何のためにあるのでしょうか。生きる意味や目的は何なのでしょう。

一 持ち物

人生の目標、その一つは持ち物です。あるいは持ち物を増やすことです。持ち物にはいろいろなものが考えられます。お金に代表される財産、さらに地位や名誉や権力等が考えられます。知識や能力も持ち物に入ります。イエス・キリストは、「人は、たとえ全世界を手に入れても、自分の命を失ったら、何の得があろうか」（マタイ16・26）と警告されました。現代の社会では、ある人が何をどれだけ持っているかで、その人の値打ちが決められる傾向があります。これら所有物は、本当は生の外にあるもの、いわば生の手段や条件、あるいは飾りに過ぎません。実際、物質的に豊かな現代社会のなかで、人間の心はうつろで、貧しくなっています。

エーリッヒ・フロム（Erich Seligmann Fromm, 1900 - 1980）は『生きるということ』のなかで、生きてゆくうえでの二つの基本的な在り方を、「持つ様式」と「在る様式」に区別しています。「持つ様式」とは今まで述べてきたような、所有物を増やすことを人生の目標とすることです。人間は持ち物の多さによって価値づけられます。「在る様式」では、どのような人間であるかが眼目で、人生の目標としては、どのような人間になるかが問題となります。この二つは、私たち人間の基本的な存在様式で、そのどちらが支配するかで、「人の思考、感情、行為の総体が決定される」とフロムは言います。そして現代の人間は、持つ様式が最も自然な存在様式であると思っているだけでなく、唯一の生き方であるとさえ思っていて、別の在り方、すなわち「在る様式」が理解できなくなっていると言っています。

二　人間形成

人生の目標の第二としては、そのような生の手段や条件ではなく、生そのもの、あるいは生の在りようをあげることができます。これは「人間形成」あるいは「自己形成」を人生の目標にします。

人生の目標を「人間形成」におく考えは、ギリシアのソクラテスやプラトンに遡ります。「人間性の実現」と言い換えることもできます。人間性は生まれながらに備わっているものではなくて、人間に課せられている理想、あるべき姿であると考えられました。それは人間であることの意義と目的であるとして、それを意識し、形成しなければならないものでした。

単純化してお話しします。人間の精神的な働きとして、一般的に知・情・意の三つが考えられますが、その内のいずれに重点を置くかによって、人間性の実現のあり方が分かれるように思われます。「知」すなわち「理性」に重点を置くもの、「感情」に重点を置くもの、「意志力」に重点を置くものです。たとえばソクラテスでは理性、ストア学派では意志、17世紀の啓蒙主義では理性に、18世紀のドイツ理想主義では感情に重きが置かれます。

人間性の理想として、知・情・意のすべてを含めて、人間の持って生れたあらゆる能力を調和的に発展させることを目指した人たちがいます。その代表的な例は、14世紀から16世紀のルネサンスの人々と18世紀のゲーテです。彼らは、「人間はあらゆるものになる可能性をもっている」と考え、「万能の天才」を理想としました。「モナ・リザ」で有名なレオナルド・ダ・ヴィンチ(Leonardo da Vinci, 1452 - 1519) は、絵画だけでなく、音楽、建築、数学等、通じていた学問領域は一五を下らないといいます。

ドイツの詩人ゲーテについては少し詳しく説明します。彼は人間形成を目指して、もって生まれたあらゆる能力を発揮しようとしました。文学創作では、あらゆるジャンルに挑戦しました。絵画にも堪能でした。楽器はチェロを弾き、音《おん》吐《と》朗々《ろうろう》（音声が豊かでさわやかなさま。）とバリトンで歌いました。俳優修業をし、舞台監督をつとめました。政治にも携わり、小さな国とはいえ総理大臣にまでなりました。乗馬やスケートもできました。学問の領域では、文学、宗教、思想、法学、植物学、動物学、博物学、色彩論、音響学、気象学を研究しました。文章を書くことだけでなく話も上手で、男性をも女性をも惹きつける魅力をもっていました。きわめて多面的、ほとんど万能です。

このような人間形成の思想は、私には非常に魅力のあるものに思えました。特に高校時代から大学一、二年生のころには、白樺派やトルストイ、ロマン・ロラン、ゲーテ時代のドイツ文学の影響で、人間形成を人生の目標にしようと考えていました。それと同時に、高校二年生のときに英語の先生が開いてくださった聖書研究会に参加し、先生に薦められて内村鑑三やヒルティーを読みました。さらに大学に入り、共助会聖書研究会に出席し、この北白川教会（京都市内）の礼拝にも出るようになりました。そしてイエス・キリストの教えと生き方に感銘を受けました。イエス・キリストは、ゲーテとは違った意味で理想の人間だと思いました。したがって、ある時点では、私の内に二つの理想の人間像が存在したことになります。そして自己の内にある罪というものを知らされて、ゲーテ的な人間形成を人生の目標にする考えから自然と離れるようになりました。人間形成理念は人類文化の気高い理想です。しかし、それを実現する力を自己の内にもっていません。また、ゲーテのいう人間形成は、たとえ実現できたとしても、それは優れた才能と環境に恵まれた人間にしか当てはまりません。

三　イエス・キリスト

次に三番目としてイエス・キリストを目標とする人生について考えたいと思います。「フィリピの信徒への手紙」の3章で、パウロは、肉の頼みなら自分にもなくはなく、人間的にも多くの誇るべきものを持っているが、「主キリスト・イエスを知ることのあまりのすばらしさに、今では他の一切を損失とみなしています。キリストのゆえに、わたしはすべてを失いましたが、それらは塵あくたとみなしています」（3・8）と語っています。

パウロは誇れるものをたくさん持っていました。正真正銘のユダヤ人、しかも由緒ある一族の出で、高度な教育を受けていました。知識が豊かで、論理的思考力も並はずれています。パリサイ派に属し、律法を厳格に守りました。倫理的・宗教的努力も怠りませんでした。「律法の義については非のうちどころのない者」（3・6）と言っています。ところで、ここにあげられているものは、生まれながらに持っているもの、および知識、能力、業績等であってフロムのいう「持つ様式」に属します。

しかしパウロは、それらのものを塵《ちり》あくたと見なしていると言います。それはただ、キリストを得るためであり、キリストの内にいる者と認められるためです。では「キリストを得《え》る」（3・8）とはどういうことでしょうか。「キリストに捕らえられている」、「キリストの内にいる」、「キリストを知る」等、さまざまに言い換えられています。

「わたしにとって、生きるとはキリストであり、死ぬことは利益なのです。けれども、肉において生き続ければ、実り多い働きができ、どちらを選ぶべきか、わたしには分かりません。この二つのことの間で、板挟みの状態です。一方では、この世を去って、キリストと共にいたいと熱望しており、この方がはるかに望ましい。だが他方では、肉にとどまる方が、あなたがたのためにもっと必要です。こう確信していますから、あなたがたの信仰を深めて喜びをもたらすように、いつもあなたがた一同と共にいることになるでしょう」（フィリピ1・21―25）。

1章21節に「生きるとはキリスト」とあります。原語では、冠詞を含めて三語で書かれていま す。簡潔この上ない表現です。パウロのキリストへの思いのすべてがこの言葉に込められている観を覚えます。

パウロはダマスコ途上で復活のキリストに出会うことによって、律法の行いによる義ではなく、キリストの十字架の贖いを信じることによって与えられる義を知りました。以来、パウロにとってキリストは生の唯一の根拠であり、生きる意味となりました。生の喜びとなり、誇りとなりました。「主において喜びなさい」が何度も繰り返されます。そしてキリストを離れては、およそ善いと言えることは何一つできないことを知りました。

「ガラテヤの信徒への手紙」に「わたしは、キリストと共に十字架につけられています。生きているのは、もはやわたしではありません。キリストがわたしの内に生きておられる」（2・19―20）という言葉が出てきます。この「キリストがわたしの内に生きておられる」という事態がキリスト者の有り様です。それは古き罪の身が死んで、キリストが代わって、わたしの内に生きてくださることであります。生きる主体は自分ではなくキリストです。そこから、キリストを模範とし、キリストと共に、キリストの後を追って生きる新しい生が始まります。

四　キリストと同じ姿に

なぜパウロは、この世を去って、キリストと共にいることを熱望するのでしょうか。まず、「この世を去る」という消極的な理由から考えてみます。パウロにとって、この世の生は苦しみに満ちたものでした。その苦しみは二種類あったと考えられます。その一つは、彼が受けた迫害と数々の苦難です。二つ目として罪との闘いの苦しみがありました。「[18]わたしは、自分の内には、つまりわたしの肉には、善が住んでいないことを知っています。善をなそうという意志はありますが、それを実行できないからです。……[24]わたしはなんと惨めな人間なのでしょう」(ロマ7・18―24)。この苦しみから脱したいという願望は強かったと思われます。

次に「キリストと共にいたい」という積極的な理由について考えます。私たちは十字架の贖いによって義とされています。光の子、神の子とみなされています。しかしその実質を備えているわけではありません。よく言われるように、「すでに」と「いまだ」の敷居の上にいます。罪に苦しんでいます。破れに苦しんでいます。今は、キリストの姿を「鏡におぼろに映ったものを」(Iコリント13・12)見ることしかできません。しかしキリストが再び来られるときには顔と顔を合わせて見ることになります。今は、キリストの姿を一部しか知らなくとも、そのときには、はっきり知られているようにはっきり知ることになります。そのとき、私たちはキリストと同じ姿に変えられます。罪が取り除かれ、完全に義なる者にされます。「義」とは神と人間との正しい関係です。それはまったき愛と信頼の一つなる交わりのなかに入れられることでもあります。それはまた「ヨハネによる福音書」17章の、いわゆる「大祭司の祈り」と名づけられているイエス・キリストの祈りの内容です。

私たちは、神の像に似せて造られています。神の語りかけに応える存在として造られています。そして神の語りかけとは愛の語りかけです。その語りかけに愛をもって応えることができるとき、私たちの人間性は回復されます。人間性の本質は、理性でも、感情でもなく、「資質の全体的調和的完成」でもありません。人間性の本質は愛です（ブルンナー）。

「わたしは、既にそれを得たというわけではなく、既に完全な者となっているわけでもありません。何とかして捕らえようと努めているのです。自分がキリスト・イエスに捕らえられているからです。兄弟たち、わたし自身は既に捕らえたとは思っていません。なすべきことはただ一つ、後ろのものを忘れ、前のものに全身を向けつつ、神がキリスト・イエスによって上へ召して、お与えになる賞を得るために、目標を目指してひたすら走ることです」（フィリピ3・12―14）。

12節の「それ」は「死者の中からの復活」を指しています。それはすなわち「肉の思いは死であり、霊の思いは命と平和であります」（ローマ8・6）とある通り、古き自己に死に、キリストにある新しい命に生きることです。

35年前（1989年）、チューリヒにあるブルンナーの墓を訪れたとき、墓石に、「主の霊のおられるところに自由があります」（Ⅱコリント3・17）という聖句が刻まれていました。そのとき、ブルンナーがなぜ、他でもなく、この言葉を選んだのか理解できませんでした。しかしその後、キリスト者として、内なる「古き自己」と「新しい命」とのせめぎ合いを長らく経験するなかで、少しずつ理解できるようになってきました。主の霊は、悔いた砕けた心に訪れる愛の霊です。私たちを神の愛に生かす霊です。そして神の愛は私たちを自由にしてくれます。罪から、古い自己から自由にし、神と人を愛することのできる人間に変えてくれます。「肉の思いは死であり、霊の思いは命であり、平和であります」という言葉のとおりです。それで十分ですが、添えて与えてくれるものがたくさんあります。迷信から、古いしきたりから、人の目から、人に対する恐れから、自分へのこだわりから、間違うことを恐れる萎縮から自由にしてくれます。主の霊は、人間の理性や力や感情や意志を生き生きと働かせるとともに、正しい方向に整えてくれます。これが、キリストの愛の内にある生命です。それは同時に人間性の発現であると思います。

五　目標に向かって

「フィリピの信徒への手紙」3章13節の「後ろのものを忘れ」の「後ろのもの」とは、過去に犯した罪であるという解釈があります。パウロにはキリスト者を迫害した過去があり、その取り返しのつかない罪を思い起こして後悔することもあったでしょう。また、自分の成し遂げた業績であるとの解釈もあります。しかしここは、ゴールを目指して走る選手の譬えですので、要点は、目標に向かって走り続けることにあります。

私はこう思います。今というこの瞬間は、次の瞬間には過去になります。現在の信仰も、「山を動かすほどの完全な信仰」（Ⅰコリント13・2）も、それを自分のものとして持ってしまうと、つまり所有物になってしまうと、もう本当の信仰でなくなるのではないでしょうか。信仰による義が、知らぬ間に、自己義認になりかねないという危うさを私たちはもっています。

「キリストを捕らえようと努めている」。キリストは、絶えず繰り返し捉え直さなければならないことをパウロは言っているのだと思います。信仰生活は自転車に乗っているようなものではないでしょうか。止まると倒れます。信仰には「立ち止まる」「現状維持」「これでもう大丈夫」はないと思われます。立ち止まるとたちまち、生まれながらの自分が生きてしまいます。持ち物で自分を意味づけてしまいます。ブルンナーは次のように語っています。罪は、「われわれの慈善的な行為の中にも、倫理的な最高の努力の中にも、いやそればかりか信仰や祈りの中にまで侵入してきます。おのが内へと屈曲した心、自己自身を求め、自己自身のことを思い、ひそかに名誉と称賛とを渇望しているこの『私』は絶えず存在しつづけています」（拙訳『ブルンナー著作集』第七巻「フラウミュンスター説教集Ⅰ」教文館、１９９６年）。

罪は、「信仰や祈りの中にまで侵入してきます」と、ブルンナーはショッキングなことを言います。しかしそれはその通りだと思います。説教の準備をしている最中にも、侵入してきます。ルターが「サタンよ、しりぞけ」と言ってインク壺を投げつけたという逸話がほんの少し分かるような気がします。

次にルターの言葉を紹介します。

「キリスト者の信仰は今の状態（Sein）の内にはなく、生成（Werden）の内にある」。

「キリスト者は日々新たに回心しなければならない」。

私たちは、日々、悔い改めなければなりません。ブルンナーは、悔い改めは庭の雑草取りのようなものだと言います。絶えず取り除かないと雑草は生い茂ります。私の庭は広くて、その上、雑草の根っこは深く、強靭です。

六　持つことの危険性

正しい信仰も、持ちつづけるとサタンが入ってきます。いつの間にかドグマ信仰に変質します。

それはキリスト教の歴史が証明しています。感情についても同じことが言えます。妬《ねた》みの感情、猜《さい》疑《ぎ》や不信の感情、怒りの感情、悲しみの感情等、持ちつづけると、感情は堂々巡りを始めます。それをマルティン・ブーバー（1878 - 1965）は「ローマン的感情」と名づけました。私は、若い頃は特に、この「ローマン的感情」を克服するのに苦労しました。感情は持つものではなく生じるものです。人や物に出会った時に常に新たに生まれるものです。したがってローマン的感情は他人との人格的な出会いを阻害します、信仰の次元では、サタンの侵入する入口になります。喜びの感情ですらそうです。人間はほめられることに弱いものです。だから、キリストを見つめて前に進まないと倒れてしまいます。

パウロは「肉にも頼ろうと思えば、わたしは頼れなくはない」（フィリピ3・4）と言っています。彼は頼れるもの、誇れるものをたくさんもっていました。しかし、「主キリスト・イエスを知ることのあまりのすばらしさに、……それらを塵あくたと見なしています」（同3・8）と書いています。「塵あくた」は、原語では糞尿、残飯、塵芥《じんかい》を意味します。なぜこんなドギツイ言葉を使ったのでしょうか。これはうがった解釈かも知れませんが、パウロにとって、誇りを捨てることはそれほど簡単なことでなかったからではないでしょうか。打ち消してもすぐに鎌首をもたげてくるのが誇りです。パウロにそういう罪との深刻な闘いがあったと思われます。彼は、自分を「罪人のかしら」（口語訳：Iテモテ1・15）と呼びます。それはキリスト教徒を迫害したからだけではないと思います。現に今、そしてつねに罪と闘っているからではないでしょうか。それゆえ「恐れおののきつつ自分の救いを達成するように努めなさい」（フィリピ2・12）と書いています。だからこそ、罪赦されたことの喜びが途方もなく大きく、かつキリストと共にいたいという願望が強いのであります。

七　キリストの愛の内にある生

先ほど言いましたように、私たちの人生の目標は、キリストの愛の内に入れられることです。それが与えられる「賞」です。それは、二つの側面をもっています。個人の次元ではキリストと同じ姿に変えられることであり、同時にキリストの愛の共同体、神の国に入れられることです。そして、このキリストと共なる生によって、E・フロムのいう「在る様式」の内容が満たされます。

人生の目標はひとりで達成できるものではありません。キリストを頭《かしら》とした一つなる交わりに加えられることによって初めて達成可能となります。キリストにあって友、兄弟姉妹がしっかりと生きてくれているその事実によって、自分も生かされて生きることができます。「テサロニケの信徒への手紙一」にある通りです。「兄弟たちよ。それによって、わたしたちはあらゆる苦難と患難との中にありながら、あなたがたの信仰によって慰められた。なぜなら、あなたがたが主《しゅ》（イエス・キリスト）にあって堅く立ってくれるなら、わたしたちはいま生きることになるからである」（口語訳3・7—8）。これもまた経験によって繰り返し知らされた真実であります。また、他者のために祈ることで、神のみがご存知の、密かに結ばれた関係のなかで、自己の存在が支えられるという経験をします。さらに、奥田成孝《しげたか》先生の言葉を借りれば、兄弟姉妹との交わりのなかで天国の前味を味わうことが許されます。

そこで、あなたがたに幾らかでも、キリストによる励まし、愛の慰め、〝霊〟による交わり、それに慈しみや憐れみの心があるなら、同じ思いとなり、同じ愛を抱き、心を合わせ、思いを一つにして、わたしの喜びを満たしてください。何事も利己心や虚栄心からするのではなく、へりくだって、互いに相手を自分よりも優れた者と考え、めいめい自分のことだけでなく、他人のことにも注意を払いなさい。（フィリピ2・1—4）

パウロが愛してやまないフィリピの教会にも、対立や争いがありました。パウロと対立していたのは、律法の遵守にこだわるユダヤ的キリスト者とパウロの伝道の成果を妬《ねた》む人たち、そして自分を完全な者と見なす**グノーシス**派であったようです。そして、これらの人たちに共通している点は、謙虚さを欠くということではないでしょうか。そこから対立や争いが生まれてきます。私たちはすべて、罪を赦された罪人です。このような者のためにイエス・キリストは命を捨ててくださいました。兄弟姉妹のためにも主は命を捨てられました。この事実に私たちの謙虚の基があります。そこから霊による交わり、慈しみと憐れみの心が生じてきます。しかし「言うは易《やす》し」です。私たちにとって謙遜になることほど難しいことはありません。謙虚さとそれに基づく慈しみは、罪との血のにじむような闘い、そして「ああ、私はなんという惨《みじ》めな人間なのだろう」との嘆きをくぐりぬけた先にようやく与えられるものなのでしょう。

神は御子《みこ》を遣わして十字架につけ、私たちの罪を償ってくださいました。ここに愛があります。この愛を信じることが信仰です。そして信仰が通路となって、私たちにも隣人を愛することが可能になります。神の愛があり、信仰があり、人間の愛が生まれます。私たちの人生は、キリストの愛に応えるもの、それを証《あかし》するものでなければなりません。少なくともそれを切実に願うものでありたいと思います。パウロは、「どんなことにも恥をかかず、これまでのように今も、生きるにも死ぬにも、わたしの身によってキリストが公然とあがめられるようにと切に願い、希望しています」（フィリピ1・20）と記しています。私たちがキリストの愛に生かされ、私たちの身によってキリストがあがめられるようになる。これが、――先ほどとは別の側面から見た――私たちの人生の目標です。

ブルンナーは次にように述べています。

われわれは、神と隣人を愛するためにこの地上に存在しています。われわれは商人であれ学者であれ、農夫であれ職人であれ、これがわれわれの本職です。普通一般に職業と呼ばれているものは副業にすぎません。本職はわれわれすべてにとって同じです。すなわち神と隣人を愛することです。（『ブルンナー著作集』第七巻）

そのような意味で、私たちには定年退職はないのであります。青年の時代も、壮年の時代も、老いて体力が弱っても、することがたくさんあります。いつでも、たとえ病床にあっても、神を愛し人を愛する仕事は十分にあるはずであります。最初にご紹介した森鷗外の小説で、日本人には学びと仕事はあるが生活はないと自己批判されていましたが、その空疎な生活をみたすものが、「神と隣人への愛」であってほしいと願います。

第8章　信仰によってのみ義とされる

一　福音の想起

キリスト者のあるべき姿は、次の聖句で表現されていると思います。「生きているのは、もはやわたしではありません。キリストがわたしの内に生きておられるのです」(ガラテヤ2・20)。このパウロの告白、これこそ、私たちのありたい姿です。

仏教徒や神道の信者さんのほとんどは、年に数回、お寺やお宮に行けば済むのかも知れません。ところがキリスト者は、困ったことに、敢えて困ったことにと言いますが、毎週礼拝を守らなければ、そしてできる限り毎日聖書を読み、祈らなければ、キリストが私たちの内から姿を消してしまわれます。

今回取りあげる聖書の個所は非常に有名です。マルティン・ルターの宗教改革は「ローマの信徒への手紙」1章16節、17節から生まれました。

わたしは福音を恥としない。福音は、ユダヤ人をはじめ、ギリシア人にも、信じる者すべてに救いをもたらす神の力だからです。福音には、神の義が啓示されていますが、それは、初めから終わりまで信仰を通して実現されるのです。「正しい者は信仰によって生きる」と書いてあるとおりです。（ローマ１・16―17）

私自身の生活を省みますと、この講壇に立たせていただく力が湧いてきません。しかし聖書の箇所に立ち戻れば、そしてそこに立つかぎり、私にも福音を語ることが許されるように思えます。いや、心が次第に熱してきて、福音を語らずにはおれないような気持がします。

二　心に記されている律法

「ローマの信徒への手紙」１章16節から３章20節までの内容を要約しますと、次の三つの問に答える形で異邦人の罪について論じています。⑴律法を与えられていない異邦人には神を知ることはできないのではないか。また、⑵善悪を判断することもできないのではないか。したがって、⑶異邦人には、罪の問題は関わりがないのではないであろうか。それらの三つの問いに対して、パウロはこう答えています。「世界が造られたときから、目に見えない神の性質、つまり神の永遠の力と神性は被造物に現れており、これを通して神を知ることができます」（ローマ1・20）。神の創造された被造物によって神を知ることができるということです。たとえば、満天の星空を見上げて、あるいは野に咲く可憐な花を見て、あるいは歴史的な偉業を通しても神を知ることができるというのです。これは自然神学と呼ばれ、これをめぐってさまざまに議論されてきました。たとえばラインホルト・シュナイダーやカール・バルトは、自然と歴史を通しては神を知ることはできず、ただイエス・キリストを通してのみ神を知ることができると考えています。詳しくは述べないでおきます。

「たとえ律法を持たない異邦人も、律法の命じるところを自然に行えば、律法を持たなくとも、自分自身が律法なのです。こういう人々は、律法の要求する事柄がその心に記されていることを示しています」（同2・14―15）。これもまた自然神学に含まれます。人間は生まれながらにして、良心によって善悪を知ることができるという考えです。ところで、「心に記されている律法」とは一般に「自然法」と呼ばれてきました。そして自然法というのは、生まれながらの人間の本性に宿っていて、時代や人種・民族の違いを超え、普遍的に守られなければならない法であると考えられています。自然法と見なされているものの一つは十戒《じっかい》です。これは誰にでも納得のゆく倫理であるとみなされます。および「人にしてもらいたいと思うことは何でも、あなたがたも人にしなさい」（マタイ7・12）というイエスの言葉も自然法とされています。後者は、さらに黄金律と呼ばれることもあります。「わが身をつねって人の痛さを知れ」という日本の格言は、先ほどのイエスの言葉と通じるところがあります。その消極的な表現と言えます。

私は四人兄弟の長男で、祖父母に可愛がられて育ちました。祖父と両親は、家業に精を出していましたが、祖母は病弱なため家にいることが多く、その祖母からいろいろな日本の童話や格言を聞いて育ちました。ことわざでは「覆水盆にかえらず」「早起きは三文の徳」「塵も積もればやまとなる」など、よく知られたものです。「早起きは三文の徳」という言葉は嫌いでした。祖母は教えるだけでなく、小学生の私に実行を強いたからです。眠いのに朝早く起こされました。「わが身をつねって人の痛さを知れ」という言葉を特によく聞かされました。そういうこともあって、人の痛みが分かるような人間になりたいと思ってきましたが、これは非常に難しいことです。ほとんど不可能であるように思われます。

異邦人の心に律法が記されているかどうかは、議論の余地が残りますが、パウロはそう考えています。そしてこうつづけます。異邦人は神を知りながら神としてあがめることも感謝することもしない（1・21）。良心によって善悪が分かっているにもかかわらず、さまざまな悪行にふけっている（1・29―31）と。

次には、ユダヤ人の罪について語っています。ユダヤ人には律法が与えられていて、その上、律法を誇りにしているにもかかわらず律法を守っていない。したがって、異邦人に関しても、ユダヤ人に関しても、正しい人は一人もいない、とパウロは結論づけます。律法によっては罪の自覚しか生じないのです（3・20）。以上が3章20節までの要約です。

三　神と人間の正しい関係

「ローマの信徒への手紙」3章21節から、がらりと議論が転換します。律法による義とは対立的な信仰による義が語られます。

ところが今や、律法とは関係なく、しかも律法と預言者によって立証されて、神の義が示されました。すなわち、イエス・キリストを信じることにより、信じる者すべてに与えられる神の義です。そこには何の差別もありません。人は皆、罪を犯して神の栄光を受けられなくなっていますが、ただキリスト・イエスによる贖いの業を通して、神の恵みにより無償で義とされるのです。（ローマ3・21—24）

神と人間との正しいあり方、正しい関係を義と言います。神は人間を対話の相手として創造されました。神が人間に呼びかけ、人間がそれに応える関係を神はもとうとされました。神によって呼びかけるにふさわしい者と思われていること、これは何と光栄なことでしょう。神の愛の語りかけに対して、人間も愛と信頼をもって神に応える。これが正しい関係です。そのような正しい関係を神はたえずもとうとしておられます。そして神と人間の間に正しい関係が作り出されたときに、神が義となり、人間も義となります。それは人格的な関係のなかでの出来事です。

旧約の時代には、神と人間との正しい関係は律法に表されていました。最も有名な十戒を思い起こしたいと思います。その最初の部分に、「わたしは主、あなたの神、あなたをエジプトの国、奴隷の家から導きだした神である。あなたには、わたしをおいてほかに神があってはならない」（出エジプト記20・2―3）と記されています。皆さんもよくご存知のように、十戒で最も大事な部分です。にもかかわらず最も忘れられやすい部分でもあります。私は恵みの神、愛なる神である。だからあなたは当然、私を神として敬い、信頼し、愛するであろう。またお互い同士、愛し合うであろう。これが、十戒の意味です。したがって十戒の意味と本質は愛です。十戒が厳しい神の戒めが書かれていて、それを守らなければ厳罰を受けるといった捉え方は間違いです。神による恵みの事実が先行していることを忘れてはなりません。それゆえ十戒には神と人間、そして人間同士の正しいあり方が書かれています。十戒は「神の愛意志の表現」ということもできます。

四　律法による義

ユダヤ人は、律法を守ることによって神の救いを得ようとしました。しかし、その行いは、神の恵みに対する喜びと感謝から生まれる行為ではなかったために、神との正しい関係を破るものとなりました。自分の力で救いを勝ち取ろうとするものになりました。すると律法を守る行為が、かえって神をないがしろにする事態になります。なぜそうなるのかを説明するために、修道士時代のルターを例にとってみたいと思います。

修道院の一日は午前二時に始まりました。ルターは祈り、労働をし、断食をし、さらに托鉢《たくはつ》、徹夜の修道に励みました。模範的な修道士でした。しかし後年、次のように語っています。

私は本当に敬虔な修道士であり、修道院の規約を厳格に守った。修道院の生活によって天国に入れる修道士があったら、私も天国に行けると思う。私を知っている修道士の兄弟たちは誰でもこのことを証言してくれるであろう。(『ルター自伝』)

ルターは神の前に正しくあろうとしました。それは律法を守ることによって、さらに修行に励むことによって達することができると考えました。先ほどお話ししたユダヤ人の態度と同じです。

誰よりも精進して律法を守ろうとした彼は、律法を不承不承守っていること、そして心の底では律法を嫌悪していること、さらには律法を守らない者を裁く神を憎悪していることに気づきました。ところが神を憎悪すること、これ以上に大きな罪はありません。また、律法を守ることによって神の前に正しくあろうとする態度そのものが誤りであることに気づきました。たとえ律法を守ることができたとしても、守れたことを誇らしく思う心、不遜が生まれるからです。

彼は律法を通して人間の罪深さを発見しました。人間には、あれこれと数えあげことのできる罪の総和よりも何かもっと徹底的に邪悪なものがあることを知りました。自分という人間の全体が罪へと傾いていることを悟りました。パウロと同じ経験をしました。パウロは、厳格をもって知られているファリサイ派に属していました。自分自身について、「律法の義については非のうちどころのない者」（フィリピ3・6）と言っています。しかし「律法によっては、罪の自覚しか生じない」（ローマ3・20）ことを知りました。「わたしは自分の内には、つまりわたしの肉には、善が住んでいないことを知っています。……わたしはなんと惨《みじ》めな人間なのでしょう」（ローマ7・18―24）。

五　信仰による義

3章21―22節にもどります。「ところが今や、律法とは関係なく、しかも律法と預言者によって立証されて、神の義が示されました。すなわち、イエス・キリストを信じることにより、信じる者すべてに与えられる神の義です」。ここで語られている「神の義」は、神が人間に求める義（正しさ）ではなく、神が人間に与える義です。ルターはここをそのように読みました。神の義の再発見と呼ばれています。ほぼ1500年の間忘れ去られていた神の義の発見です。

「ただキリスト・イエスによる贖いの業を通して、神の恵みにより無償で義とされるのです。神はこのキリストを立て、その血によって信じる者のために罪を償う供え物となさいました」（ローマ3・24―25）。

十字架の贖《あがな》いを信じることによって神の前に義と認められます。この義は神の一方的な恵みです。無償で与えられるものです。人間の側に何の資格も必要とされません。無条件に与えられるものです。恵みを受け取ること、それを「信仰」と呼びます。28節の「信仰による」をルターは、「信仰によってのみ（allein durch den Glauben）」と訳し、原文にはない「のみ」を付け加えました。それによって、この句の意味がいっそう明瞭になりました。

旧約の古い制度では、年に一度の贖罪《しょくざい》の日に雄牛と雄山羊をほふり、その血を契約の箱（十戒を刻んだ二枚の石を入れた箱）の覆《おお》いの板に注ぎかけました（レビ記16・12―22）。「罪を償う供え物」（ローマ3・25）です。しかし、旧約の贖いの儀式は、罪を真剣に受け止めていなかったため、不完全なものでした。ところが驚くべきことに、神ご自身が雄羊や雄山羊の代わりにキリストを立てて十字架につけ、罪を償う供え物とされました。

「このように神は忍耐してこられたが、今この時に義を示されたのは、御自分が正しい方であることを明らかにし、イエスを信じる者を義となさるためです」(同3・26)。口語訳では次のようになっています。「それは、今の時に、神の義を示すためであった。こうして、神みずからが義となり、さらに、イエスを信じる者を義とされるのである」。新共同訳で「正しい方」と訳されているところは、その前後の「義」と同じ単語が用いられていますので、口語訳を用いて考えます。ここで「義」という語が三度用いられています。それらのうち二番目に出てくる義は、神ご自身が正しい方であることを示す義です。三番目の義は、神が人間に与える義、人間を義とする義です。「愛」と一つになった義です。そして最初に出てくる義は、二番目と三番目の意味の両方を二重にもたせて用いられているのではないでしょうか。絶妙な表現です。

周知のとおり、十字架刑は重罪を犯した者に対して用いられる、最も残酷で侮蔑的な処刑方法です。したがって、神は人間の罪を大目に見て、赦しておられるのではないということが分かります。神は、正しき方、義なる方として、罪をあくまでも厳格に処罰しておられます。イエスの十字架の処刑は、本来私たちが受けるべきものです。イエスは私の身代わりです。私たちがキリストと共に十字架につけられているのです。この事実は私たちがどれほど厳粛に受け止めても厳粛に過ぎることはありません。

しかしまた、キリストの贖いを信じて、それにすがるならば、罪のこの身が、そのままキリストと同じ姿と見なされます。今あるがままの私たちが神によって受け入れられます。イエス・キリストの十字架は、神の義と愛の表れです。

私たちはどんな善い行いによっても、どんな自己犠牲によっても神の前に立つことはできません。内村鑑三の『基督《キリスト》信徒のなぐさめ』に、「手にものもたで、十字架にすがる」いう、讃美歌からの引用と思われる一節が出てきます。神の前に立つとき、私たちは自分から神に差し出す物は何一つもっていません。ただ十字架にすがるのみです。しかし、その悔いた、砕けた魂を神は受け入れてくださいます。次も内村からの引用です。「余はいま、なんじに献《ささ》ぐるに一の善行あるなし。余はいま、余を義とするために一の善性の誇るべきなし。余の献げ物はこの疲れはてたる身と霊魂《れいこん》となり、この砕《くだ》けたる心なり」（『求安録』）。

六　義とされつづけている

24節にある「無償で義とされるのです」の「義とされる」はギリシア語では文法的に「現在分詞」が使われています。それは「義とされるつつある」「義とされつづけている」という意味です。

したがって、私たちは今もずっと義とされつづけているということです。それゆえ、絶えず十字架のキリストを仰ぐことが何よりも大事となります。常に「へりくだって神と共にあゆむこと」が。ルターは「キリスト者はいつも初心者である」と言い、また「キリスト者は日々新たに回心しなければならない」とも言いました。

そのことを忘れるとたちまち、私たちは自分の力、自分の考えで生きてしまいます。その上、キリストを知ると、自分は真理をつかめた、自分は正しい人間だと思ってしまいがちです。心は傲慢になり、他人を裁きます。絶対的な義なる神という後ろ盾を得ているものですから、キリスト者の傲慢ほど厄介なものはありません。「自分の悲惨さを知らずに神を知ることは、傲慢を生む」(『パンセ』)とパスカルは言います。キリスト者が陥る落とし穴です。私は何度もこの失敗を繰り返してきました。

七　善魔

カトリック信者で小説家の遠藤周作は、「悪魔」に対して「善魔」という言葉を作りました。次のように述べています。善い行いとか愛の行いというものは、当人はそれと気づかずに、自分の愛や善の感情におぼれて、自己満足していることが多い。そういう人のことを善魔という。自分

（遠藤）も、この善魔であって他人を知らずに傷つけていた経験を過去にいくつももっている、と（『生き上手、死に上手』）。私もその通りだと思います。正しい、あるいは善いと自分では信じてやったことが、実は独りよがりであったり、自己満足に過ぎなかったりしたことがしばしばあります。「善魔」とは「愛と謙虚を欠いた義人」であると言えるでしょう。私の経験では、信仰に熱心な時ほどこの善魔に陥る危険性があります。ですから私たちには絶えず十字架のキリストを仰ぐことが必要です。古き自己が打ち砕かれなければなりません。「では、人の誇りはどこにあるのか。それは取り除かれました。どんな法則によってか。行いの法則によるのか。そうではない。信仰の法則によってです。なぜなら、わたしたちは、人が義とされるのは律法の行いによるのではなく、信仰によると考えるからです」（ローマ3・27―28）。

「それでは、わたしたちは信仰によって、律法を無にするのか。決してそうではない。むしろ、律法を確立するのです」（同31節）。ここでいう「律法を確立する」とは、「律法の要求が満たされる」（ローマ8・4）ことです。それは同時に、律法に意味と生命が吹き込まれることでもありましょう。

「手にものもたで、十字架にすがる」。そのような砕けた心を神は受け入れてくださいます。そのような信仰こそ、神に対する正しいあり方であり、十戒の「あなたには、わたしをおいてほかに神があってはならない」という第一戒、および「心を尽くし、精神を尽くし、思いを尽くしてあなたの神である主を愛しなさい」（マタイ22・37）というイエス・キリストの二つの戒めの最初の戒めが満たされることになります。そのような信仰によってのみ、神と人間との正しい人格的関係が実現されます。

八　素朴な琴

ルターは『キリスト者の自由』のなかで、「信仰から、神への愛と喜びが流れ出、愛から、報いを考えずに隣人に仕える自由で自発的な喜ばしい生活が流れ出るのである」と記しています。すると、自《おの》ずからにして、「隣人を自分のように愛しなさい」（マタイ22・39）というイエスの二つ目の戒めを満たすことになります。

八木重吉（1898 - 1927）の詩を読みます。

このあかるさのなかへ
ひとつの素朴な琴をおけば
秋の美しさに耐えかねて
琴は静かに鳴りだすだろう。

これは明るい日の光がさす秋の自然の美しさを、そして大自然と人間の心の調和・共振を歌った詩です。大自然との一体感を表す、すばらしい詩だと思います。詩はそれ自体の美を素直に鑑賞するのが本来の読み方ですが、今日は、敢えて本筋からはずれた読み方をしてみます。

この詩が描写する秋の日の明るさと美《うるわ》しさをもたらしている光を、神の恵み、神の愛に置き換えてみたいと思います。私たちは神の愛をあふれるばかりに受けています。イエス・キリストは私たちの光です。その満ち満ちた光に私たちは包まれています。しかし、その愛を、その光を心と体の芯にまでしみいるほどに感知するには、飾りのない素朴な心が求められるのだと思います。限りない愛と美しい光をうけて、その美しさに耐えかねて、自然に静かに鳴りだすような、そういう素朴な琴に私たちはなりたいと思います。すると、このような貧しい者からも、主に用いられて、神の愛から、また神を愛する愛から、「報いを考えずに隣人に仕える自由で自発的な喜ばしい生活が流れ出る」はずであります。

第9章　キリストを愛しキリストに愛された人生

この誌上修養会の主題にある「一筋の道」は、奥田成孝《しげたか》先生（以降、故人の人名には敬称を付けずに表記）が、かつて雑誌『共助』（一九八四年七月号・382号〜一九八六年一月号・397号に12回にわたって連載）に自身の歩みについて書いた記事のタイトルである。ただこのタイトルは執筆者自身が付けたものではなく、編集長の島崎光正（1919 - 2000）がつけたものと聞いている。しかし奥田の生涯を表現するのに、これ以上にふさわしい言葉はないように思われる。この記事の最後の箇所で、学生時代に心中に願った一事が書かれている。「将来如何なる道を歩むかはわからないが、棺の蓋を蔽うとき自らも周囲の人々からも、私が何ものであったといわれるより、『この人は生涯キリストを愛しキリストに愛されて人生を終わった人である』と自他共に認められて生を終わりたいと心に願ったことである」と。奥田は実際に、その願いを成就する「一筋の道」を歩んだ。

いたましい不治の病の中にありながら、主にある家族の愛情に支えられ、また幼いころから教会に通い二〇年の信仰生涯をまっとうした山谷清彦さんへの追悼文で奥田は次のように述べている。同君は根本的なものを私共に伝えてくれたが、「一言にしてこれを云ふならば人生は事業ではなく人格であり、さらに信仰であり神への従順といふ事につきるといふ事を生ける事実を以《もっ》て示してくれました。同君はこの一筋の道を通して実に意外なまでに多くの人々に大きな意義をもたらし大いなる神の栄をあらはされました」と。ちなみにある人は、清彦君の生涯は自分にとって第二の聖書であると言ったという。

私自身の生涯を振り返ると、多くの先達の導きと友たちの祈りの支えを受けながらも、あらぬ方に彷徨《さまよ》っていた感が深く、心中、悔いの念に苛まれる。しかしそのような者にも、いや、そのような者にこそ共助会は不可欠な意味をもったと思われる。私にとっての共助会、そして今後継承されることを心から願う共助会の信仰精神について述べたいと思う。

奥田は、生涯、牧師として教会とは何かを考えるとともに、共助会の存在意義についても考えつづけていた。教会の外に明確な信仰主張をもった共助会のような団体が存在することは教会形成の邪魔になるという批判がなされてきたようである。それに対して事実をもって答えてきたと書いている。「共助会に参加したために教会を去ったという例は殆《ほとん》どなく、むしろ教会の中に疲れ足どりの弱っていた人、さらに教会を遠ざかっていた人々が共助会の交わりの支えによって祈りを新たにして教会生活に励むに至った人々があることをもって答えとしてきた」。この文章は、そのまま私にあてはまる。

私は京都大学の共助会聖書研究会に参加することを通して北白川教会に導かれ、約八年お世話になった。さらに川田殖《しげる》先生宅での聖書研究会および佐久聖書学舎で学ぶ機会を与えられた。それらは筆舌に尽しがたい恵みであり、私が今あるのはそのお陰である。しかし問題なのは、京都を去ってからの歩みである。勤務地の関係でいろいろな教会の礼拝に出ることになった。そこで経験したことをいくつかお話しさせていただく。

母が危篤の状態にあったとき、牧師に、母のためにお祈りくださいとお願いすると、信仰を持たない人の魂は救われないのでお祈りしても意味がない、と言われた。私は二の句が継げなかった。それはその通りであるかもしれない。しかし、イエスが十字架上で「父よ、彼らをお赦しください。自分が何をしているか知らないのです」（ルカ23・34）と、自分を十字架につけた人たちのために執り成しの祈りをしておられる。このことを牧師はどのように受けとめておられるのであろうか。また、ある教会では、牧師の辞任にともない代務者にお願いした牧師は、事前に役員会で諮ることなく、最初の聖餐式で、いきなりパンを半分に切るように指示された。そして未受洗者をも含めすべての希望者にパンを配られた。またこの牧師は、説教で毎回のように「憲法九条」「憲法九条」と、その重要性を訴えられた。さらに週報に、役員会や総会の了承を得ることなく、いわゆる「九条の会」の催しについて記載された。ここでは憲法九条の意味については言及しないでおくとして、社会の他のどこよりも、一人一人の人格が重んじられるべき教会においてこのような強権的な組織運営をなされることに私は深い疑念をいだかざるをえなかった。聖餐を未受洗者にもオープンにするのが良いと考えるのであれば、まずは信徒の自覚に訴えるべく、その是非について話し合いをもつべきであろう。またある牧師は、たとえばノアの箱舟に関する箇所をおよそ次のように解釈された。「洪水のあとに出た虹はごめんねという反省の印《しるし》である。神はあんなことをしなかったらよかったと思った。神も間違いを犯すことがある。間違う神だからこそ私は信頼している。神も間違い、反省するから、それを自分の反省のよすがとすることができる」と。さらにイエス・キリストもときどき間違いを犯すと語られた。そのような事情もあって私には教会から遠ざかっていた期間が何度かある。その期間、共助誌、共助会の修養会、およびその交わりが、弱い私を聖書の信仰につなぎ止めてくれた。

この三年の間に北白川教会で何度も信徒説教をする機会を与えられた。それは福音を語る喜びと苦しさを味わう貴重な体験であった。しかし回を重ねるうちに、自分の説教が講義や講演のようなものになってはいないかと不安になった。そこで日本キリスト教団出版局から出されている「日本の説教」シリーズを中心として、再読をも含めて十数冊の説教集を読んだ。それぞれ個性がありり興味深く読んだが、聴衆に分かりやすくする努力が過ぎるためか、贖罪的福音が伝わりにくいと思われるものもあった。また没時間的で、時代状況とはまったく関わりのない説教もあれば、逆に時代状況に関わる話題が内容の多くを占める説教もあった。驚くべく多種多様さである。そのなかには共助会の先達のものも含まれている。浅野順一、小塩力《つとむ》、福田正俊、さらに、数年前から京都共助会で読んでいる奥田成孝の『共助掲載記事選集』を加えると四名になる。読むうちに、他と比較して共助会の先達の説教には共通する特徴があることに気づいた。それらをごく簡潔に列挙しておきたい。

（一）神の前に立つ人間の張りつめた緊張感が伝わってくる。聖にして義なる神の前に立たされたおそれ、そして自己の存在の危機感である。

（二）贖罪の信仰に堅く立っている。「常に新しく神の前に罪人として立つ」（福田）という実存的な罪の認識と、そこからくる絶対的な謙虚さがある。

（三）時代、歴史、思想、国民性、個の実存等、ひろく人間の営みとしての文化の問題と真摯に関わるなかで福音の真理性を弁証しようと努めている。

（四）相互のこまやかな主にある交わりと相互啓発がみられる。

一連の説教集を読むなかで、以上のような特徴をもつ共助会の先達の信仰と歩みは日本のキリスト教史において、もしかして非常に大きな意義をもつものではないかと思うようになった。今はほとんど確信に近い。

ちなみに小塩は贖罪信仰に関して興味深いことを語っている。「森 明先生による贖罪論講義にはじまるともいうべき共助会は、代々の教会の正統の流れに棹さして（流れに沿いつつ）、その信仰思想の鍵を贖罪論に見いだそうとしてまいりました」。森 明の贖罪論講義というのは、一九二四年に森 明が帝大共助会の東京・京都連合集会で、五時間半にわたって語った「贖罪論」を指していると思われる。共助会が発足したのはそれより五年前の一九一九年であるため、史実と符合しないが、あるいは小塩は、この贖罪論講義が青年たちの人生に根本的な変化をもたらし、彼らをしてキリストのために生きんとする決意を新たにさせる画期的な出来事であって、共助会の実質的な活動はここから始まると言おうとしているのかもしれない。いずれにせよ、小塩は、共助会の信仰思想の中核は森 明の贖罪論にあると語り、奥田は、異なる福音の発生は贖罪経験の不徹底に基づくものと言わなければならないと語っている。いずれも正鵠《せいこく》を射た指摘であると思われる。

奥田は、キリスト教の神について次のように語っている。それは人間にとり深い断絶のある神である、いやそれどころか敵対関係にある神である。人間存在にとって最大の、最後の手ごわい相手は神である。この経験のないところには福音も意味をなさない。敵対関係は絶えざる緊張と不安とおそれとの関係である。内村鑑三と森 明を通してそのような神を教えられた。同時にこの神と和らぎ、敵対関係をまぬがれる道をも示された。イエス・キリストによる十字架の贖いであると。そして奥田は、聖なる生きる神に対して「アッバ、父よ」と呼びうる平安と喜びを繰り返して語る。

同時に信仰は「全人格的信頼という関係」であると奥田は言う。その意味で次の森 明の文章はきわめて重要である。

「キリスト教の根本は友情である」、「キリストと我とはもちろん友人同志である。キリストは生命を賭して信じてくださる。友がこれだけの信用をおいてくれるとすれば、ありがたいことではあるが、また実に心苦しい。ゆえに友たることは練磨が必要である。友から真に愛されるとき、その友をあざむくに忍びず、もだえ苦しみ、励んで悔いて応えるのである。決して圧迫によるのではない。生命のない悔いではない。かく、信ぜられるところに責任が生ずる。生命を賭けて信じ給うキリストに、われわれは責任がある」(「キリスト教の朋友道」)。

キリスト教の宣教内容は時代と共に教理や使徒信条という形に整備されてきたが、信仰がそれらの内容を知性的に承認することになり、神と人間との人格的信頼関係を欠けば、もはや信仰とは言えないものとなる。信仰は、われわれの罪にもかかわらず生命を賭してわれわれを信じ、罪を贖ってくださったキリストに対する信頼である。キリストの愛からわれわれの悔いが生まれる。その悔いを通してキリストの命がわれわれの内に流れ込む。「信仰とはイエス・キリストの命にあずかること、彼の命の中に迎え入れられること、彼によって捕らえられ改造されること」(ブルンナー)である。したがって「イエスに対する純粋の態度を取ると否とが根本の問題である」と奥田は言う。受けた愛と信頼に対しては責任が生じる。「十字架の聖愛に対する節操！　十字架の聖愛に対する自己尊重！　我らは己が身ながら寸時もおろそかにすることを許されぬ。基督者としての栄光と光輝ある誇、また識見！　我らは神のものとして之《これ》を汚し傷つけてはならない」。

旧約聖書の神は「義」の神であり、新約聖書の神は「愛」の神であると言われることがある。決してそうではないと私は思う。キリストの十字架において、われわれの罪がおざなりに扱われているのではなく、義なる神による裁きが厳格に実行されている。およそ命を賭してわれわれを信頼し愛する神ほどおそろしいもの、聖なるものはないと言わなければならない。イエスの愛と信頼は、利害の打算か、せいぜいのところギブ・アンド・テイクで動いている世界を打ち破る異次元の力である。

罪をどのように理解するかによってキリスト教の質が変わる。それは神およびキリストの十字架をどのように考えるかによってキリスト教の質が変わるのと同様である。そのことを私はおもにラインホルト・シュナイダーから学んだ。彼において、信仰も罪も神と人間の人格関係のなかで理解される。たとえば彼は、キリストに現れた真理は知的に認識できるものではなく、「真理を実行することによってのみ、真理を認識するであろう」と語る。一見これは行為義認のように受け取られ、ルターの「信仰によってのみ義とされる」とは相容れない信仰であるように思われる。しかしシュナイダーの信仰は、キリストへの信頼であり、キリストとの人格的な関係のなかにあって生きることである。彼はキリストの愛に応え、キリストのように生きことを欲する。信仰と行為は一如《いちにょ》であり分けることはできない。またそうであって初めてキリストを知ることができる。信頼とはそのようなものであろう。したがって信頼を破ることが罪となる。この点、森と奥田においても同じである。

森は、罪とはキリストの愛を裏切ることであると言い、奥田は「罪の本質は愛慾、エゴイスティックな人間の本性というにとどまらず本質的にはもっと深く人格と人格との信頼、愛の関係その真実を裏切り破るという点にある」と語る。イエスの第一、第二の戒め（マタイ22・34－40）のいずれも重要であるが、第一の戒めを破ること、すなわち神の愛を裏切り破ることが本源的な罪であり、そこから第二の戒めを破る罪が生まれてくる。

信仰が人格的な関係である限り、関係の深まりによって相手に対する認識も深まる。奥田は、「神は人の自覚の程度に応じて自らの姿を示し給ふ」と言う。これはゆゆしい、恐ろしい事態を表現している言葉であると思われる。「罪が増したところには、恵みはなおいっそう満ちあふれました」（ロマ5・20）というパウロの言葉はこの消息を表現していると言える。しかし罪が増せば恵みも増すのであれば、大いに罪を犯そうではないかという考えは、人格関係のなかでは成り立ち得ない屁理屈である。イエス・キリストの教えと人格に出会ってはじめて、真の意味で罪とは何かが分かる。罪の自覚が深まればキリストの愛の深さが分かる。つまり、罪の自覚が深まれば神の恵みも増し加わり、神の恵みが増せば罪の自覚が深まる。そのようにして贖罪経験が深まり、徹底されてゆく。

森明の『霊魂の曲』の最後の場面で、キリストの前に立って顔をあげることのできない霊魂に対して、キリストは次のように声をかける。「お前を私は憐れみ愛しむ。お前はもう仰ぎ見るがよい」、「お前の罪のために、お前よりも深く私は苦しみ傷つけられている……お前を愛するから……」。人間の罪は、それを悔いることすらできないほどに深いけれども、キリストの愛はなお底なしに深い。私たちは、頭をたれ、胸を打ちながら、「神様、罪人のわたしを憐れんでください」（ルカ18・13）という以外にない。そのとき、私たち以上に深く苦しみ傷つけられているキリストに出会い、私たちの心は光明と感謝と命に満たされる。キリストの愛がそのようなものである限り、私たちの状態がどのようなものであれ、何物も私たちをキリストの愛から引き離すことはできない。

信仰が神と人間との全人的信頼関係であるならば、律法、罪、裁き、救済、教会、摂理、自由、服従、聖化など、キリスト教のすべての概念も人格的関係のなかで理解されなければならないであろう。奥田はキリスト教を次のように定義する。

「キリスト教はイエス・キリストの人格とその生涯の事実とそれをかこむ弟子たちとの人格的出合いの事実をさぐり、その中に自らも参加することである」。

このような理解は、教義信仰や権威信仰、さらにまた福音の単なる悟性による理解から私たちを守ってくれるであろう。奥田は、講壇から何度も、ヨハネ福音書17章、いわゆるイエスの大祭司の祈りを踏まえて、信仰とは、父なる神と子なるイエスとの愛の内にある一つなる交わりのなかに、弟子たちと共に迎え入れられことであると語った。そしてその一つなる交わりが、本来的な意味での教会であると。

ヨブ記を読み解く鍵は「利益もないのに（求むるところなくして）神を敬うでしょうか」（ヨブ記1・9）という一節にあると奥田は言う。一般に、あまたの宗教のなかで、ご利益宗教ないし応報思想でない宗教はキリスト教であると言われる。しかしキリスト教もご利益宗教に堕することがある。それは私たち自身についても言えることである。「自己の修養のため、家庭の幸福のため、社会改良のため、自己の生命のため、これすべて求むるところの信仰といはねばならぬ」。福音とは、そのような利益を得る得ないを超えて、神との一つなる交わりのなかに招き入れられることであり、それに尽きる。「求むること無くしてただ彼のために彼を信ずることが無上の喜びとなる。……この純粋な絶対的信頼の信、これこそ人の子の最も崇高なる生の姿ではないか」。

奥田は、ある時ふと内心をもらされた。「イエスですらその弟子は十人余であった。礼拝にこのようにたくさんの人が集ってくださるのは望外の恵みである」。ちなみに礼拝出席者は八〇人ほどであった。しかし北白川教会では出席者の数はかぞえられることはなかった。ブルンナーは「福音を、それを聞く者に気に入るような方法、感情を害さないような方法で説くことは民主主義国における教会の最も大きな危険の一つである」（『キリスト教のつまずき』）と述べている。奥田は決して耳に快い言葉を語らなかった。むしろその反対であった。奥田の説教は、この人は今まさに生ける神に出会っているということが如実に伝わる説教であった。現に今、この人の中で「キリストと共に死に、キリストと共に生きる」という出来事が起こっていて、聞く者もその出来事に巻き込まれてゆくものであった。彼は説教について次のように語っている。

「説教者は、第一義的には、会衆を教え導く者として立っているのではない。語る者自身が何よりも先ず、神の前に立たされているのだ。神の前に立たされるとき、自分は呻きなしにはそこに立ちえない。この呻きそのものの中に立って、会衆を神の前に追いやること、それこそが説教者としての自分の使命なのだ」。

教会員が「森先生のことを思うとキリストのことを思わずにはいられない」と言ったという。そのように、キリストの信頼に応えて生きる共助会創立者の生き方が真実であったゆえに、それは彼に接する人々をもキリストに追いやり、キリストは畏れるが他のいかなるものも恐れない、キリストに従うが他のいかなるものからも自由であるという自由独立な人格、共助会でいう「福音的人格」「贖罪的自由人」として立たせることができたのだと思う。私たちもまた、先達たちに導かれ、友の祈りに支えられて、神の前にひとり立ち、神の愛の内にある命を生きたいと思う。そしてこの福音を他の人たちにも分かち、彼らをも共にこの命のなかに招きたいと思う。そうすることでキリストの信頼に対する責任を少しでも果たしてゆきたい。

第10章　いわれなき愛

ドイツが生んだ最大の詩人ゲーテは、七四歳のときに、「過去は懐かしむべきものではない」として、次のような主旨のことを語っています。われわれが出会ったすばらしいものは、われわれの中に織り込まれ、われわれを造り上げたものであり、永遠に形成をつづけながらわれわれの内に生きつづけ、創造を行うものでなければならない。そういう過去だけが認められる。懐かしんでいいような過去はないと。

七四歳にもなってこのような言葉をはけるのは驚くべきことだと思って、私も「過去を懐かしまない」生き方をしたいと意識して生きてきました。しかし、今日のお話の準備をしながら、過去を懐かしむ気持を抑えることは容易ではありませんでした。今もまた、過去を懐かしむ気持ちと戦いながら、過去に出会ったすばらしいものについてお話ししたいと思います。私の中に織り込まれ、私を造り上げてくれたもの、今も私の内に生きつづけているものについてお話ししたいと思います。

私がキリスト教と初めて出会ったのは高校時代です。大学時代にはさらに本格的に出会うことになります。今日はその頃の体験をお話しさせていただきます。その際、言及します人の中には、名望《めいぼう》のある方、この教会で重きをなす人、あるいは研究者として業績が世界的に認められている方が含まれますが、私と同年輩の方にはすべて「君」や「さん」をつけてお呼びしますが、お許しいただきたいと思います。

私が人生を自覚的に、真剣に生きはじめたのは中学二年生の時からです。その頃、父が肺結核で入院しました。左肺にピンポン玉のような空洞があり、長期入院になるということでした。医者からは手術することを勧められていました。私は、四人兄弟の一番上でしたが、どうしていいのか分からず将来が大変不安でした。今の自分にできることは、できる限り家業である農業の手伝いをすることと、将来に備えて勉強をすることしかないと考え、一生懸命勉強をしはじめました。すると不思議なことに、驚くほど成績がのびました。また読書をしていると心が落ち着きますので、本をたくさん読みはじめました。高校受験に際し先生に、模擬試験のつもりで奈良女子大学付属高等学校を受けてみてはどうかと勧められ、そして合格しました。遠いけれどそこに通うことにしました。そこでキリスト教に初めて触れることになります。ちなみに父は、輸入されはじめた抗生物質が驚異的な効果を発揮して、三年足らずで完治しました。

中学時代に読書が好きになり、高校時代にはずいぶんたくさんの本を読みました。日本の小説や評論のほか、外国文学では、トルストイ、アンドレ・ジイド、ロマン・ロラン等を読みました。どの程度理解できていたのかは疑問です。背伸びをしていたものと思われます。トルストイやジイドを読んで思ったことは、彼らの本を本当に理解するためにはキリスト教を知らないといけないのではないかということでした。そこで私は「ヨーロッパを理解するためにはキリスト教を知る必要がある」と、級友たちにも話していました。それが英語の三鼓慶蔵《みつづみけいぞう》先生の耳に入ったらしく、ある日声をかけられ、「数人の人が集まれば聖書研究会をしてあげよう」と言われました。そこで友人たちを誘って開いていただきました。

そこでは、「ヨハネによる福音書」を学びました。先生は無教会の方でした。先生のお誘いで、仲間と一緒に京都大学へ矢内原忠雄の講演を聞きにいったこともありました。

この聖書研究会で学んだことは残念なことに、そして申し訳ないことに、ほとんど覚えていません。覚えているのは二つのことだけで、その一つは、「ヨハネによる福音書」の3章16節はキリスト教の中心的メッセージであるということでした。今は理解できなくても、心に留めておきなさい、と言われました。「神は、その独り子をお与えになったほどに、世を愛された。独り子を信じる者が一人も滅びないで、永遠の命を得るためである」。二つ目は、「悪を行う者は皆、光を憎み、その行いが明るみに出されるのを恐れて、光の方に来ないからである。しかし、真理を行う者は光の方に来る」という3章20、21節に関して先生が言及されたことわざです。日本には古くから「天知る、地知る、我知る」ということわざがある。それは、天にも、地にも、自分自身にも恥じない生き方ということであり、光を恐れない、光の方に来るという言葉に通じるところがある。そうおっしゃられました。それ以来、この言葉は生涯忘れられないものとなりました。道に迷ったとき、あるいは職場で理不尽な仕打ちを受けたとき、何度もこの言葉をつぶやいていました。

クリスマスには自宅に招いてくださいました。書斎に通された際には、大量の本に驚きました。その中からヒルティーの『幸福論』を借りて帰りました。その後、先生に薦められて内村鑑三の本も数冊読みました。この先生は、私に初めてキリストを紹介してくださった恩師です。わずか数名の生徒のために時間と労力を割いてくださいました。

このように知的な興味からキリスト教に接しましたが、聖書を学ぶことから内面的な「不充足感」、「ざらつき」、「違和感」といったものが始まりました。当時私は「純粋」という言葉にこだわりを感じていました。まるで喉の奥に引っ掛かった魚の骨のようでした。純粋になれない自分、友だちと損得抜きの純粋な関係を結べない自分、純粋に人を愛せない自分というものが影のようにつきまとうようになりました。今までは知らなかった意味で、生きるということは難しいことだと予感しました。

大学に入ってからも、この心のわだかまりをかかえていましたので、もっと聖書を読みたいと考えました。ドイツ語を教わっていた先生に、聖書研究会のようなものはないかどうか尋ねましたところ、物理学の三谷健次教授の研究室で聖書研究会が行われていることを知り、そこに参加してみました。「基督教共助会聖書研究会」で、毎週木曜日夕刻に開かれていました。飯沼二郎（1918 - 2005）という人文科学研究所助教授の方が司会役をしておられました。

その他、大学院博士課程の方が二人おられました。そのお一人はギリシア哲学を、もう一人はカントを研究しておられました。それぞれ川田殖《しげる》、小笠原亮一というお方でした。また大学院修士課程の先輩が二人おられました。岡野昌雄さんと野本和幸さんです。さらに、かなり年配の方が一人、いつも部屋の片隅で静かに座っておられました。その他は学部生で、毎回の出席者は十名ほどでした。同年輩では、井川満君、高岡千代子さん（井川夫人）、片柳榮一君、田中邦夫君、後《のち》に青山章行君、小川隆雄君、田中敦君等が加わりました。

名称は聖書研究会ですが、聖書やキリスト教について書かれた本の読書会でした。熱心で精緻な議論がなされていて、びっくり仰天しました。大学内のどの講義よりも、ここで私の研究者としての能力が養われたと思っています。

私の専門分野で論文を書く際に要求されることは、まず著者の言葉に虚心に耳を傾けること、そして諸概念をすり合わせ、でき得るかぎり厳密に規定しながら考察を進めてゆくことだと思われます。感入力と思考力、その二つの能力を養ってくれたのは、何よりもこの聖書研究会でした。私はほとんど発言できませんでしたが、ブルンナーの『我らの信仰』、『キリスト教のつまずき』、『我は生ける神を信ず』、そしてドッドの『聖書』等は、赤線と書き込みと手あかで白い所がないほどになりました。

その会に出ている多くの先輩がこの北白川教会に所属しておられました。だれかに誘われて（たぶん小笠原先生であったと思われますが）礼拝に出席するようになりました。礼拝に出席した最初の日、あるいは二、三週間たってだったかもしれませんが、小笠原先生は、ちょっとついてきてくださいとおっしゃって、思い詰めたような表情をなさり、教会の西に広がっていた京大の演習林に、生垣の隙間を潜って入って行かれました。私は小心者ですから、こんなところから入ってもいいのだろうかと心配しながらついてゆきました。そして竹の茂みの中で、讃美歌を歌い、祈ってくださいました。讃美歌は二四三番「ああ主のひとみ」でした。その間、私は誰かに見咎められやしないかと落ち着きませんでした。

それまで私は、せっかく京都に来たのだからと思って、日曜日には自転車でお寺の仏像や庭園を見て回っていました。ところが教会に行きはじめてからは、今日はお寺にしようか、それとも教会にしようかと迷うことになりました。数か月後には毎週教会に行くようになりました。

北白川教会の礼拝に出て驚いたことは、牧師が大学の聖書研究会でいつも静かに座っておられた方であったことです。奥田牧師の説教は、聖書研究会でお見かけしていたもの静かな姿からは想像できないほど、すさまじい迫力でした。礼拝は真剣そのもの、厳粛さと緊張感に満ちていました。その力強さの源は、先生の信仰の質と礼拝に臨む先生の姿勢にあったと思われます。後に牧師夫人からお聞きしたところによりますと、牧師は礼拝の前、羽織袴を身に付け、書き上げた説教の原稿を画架のような見台にのせて三〇分立ち尽くされるとのことでした。

礼拝の説教者が急に変更になることがありました。「一週間説教の準備をしたが出来上がらなかったので、今回は松村先生に急遽お助けいただくことにしました」ということでした。関西学院大学神学部教授の松村克己という方が代役をされました。このことからも、一回、一回の説教をどれほど重んじておられたかが窺えます。「第9章　キリストを愛しキリストに愛された人生」でも言及しましたが。説教についてこう語っておられます。「説教者は、第一義的には、会衆を教え導く者として立っているのではない。語る者自身が何よりも先ず、神の前に立たされているのである。神の前に立たされるとき、自分は呻きなしにはそこに立ちえない。この呻きそのものの中に立って、会衆を神の前に追いやること、それこそが説教者としての自分の使命なのである」と。神の前に立ったときに呻かざるをえないという言葉に、先生の信仰のありようが集約されていると思われます。パスカルもまた『パンセ』の中で「呻きつつ求める者、そのような人たちしか私はよしとしない」と語っています。

私は今までに、職場や住まいの関係もあり、いろいろな教会に行ったことがあります。北白川教会を含めて六つになります。他と比較して、この北白川教会の一つの大きな特徴は、聖職者でない教会員が説教をすることです。これは共助会の目指す平信徒伝道の流れをくんでいるのかもしれませんし、もっと根本的にはルターの万人牧師説、つまり、キリスト者は、聖職者と平信徒の区別なく、一人一人、神の前に立つべき人格であるという考えを具体化したものであろうと思われます。祝祷も少し違っていました。「主イエス・キリストの御恵み、父なる御神の御愛、聖霊の親しき御交わり。とこしえにわれら一同と共にあらんことを」。注目したいのは、結びのところです。普通は、「汝ら一同と共にあらんことを」あるいは「あなたがた一同と共にあるように」です。牧師と信徒は一線を画されています。この教会では「われら一同と共にあらんことを」でした。牧師と信徒の区別はされていません。ほんの少しの違いですが、その意味するところは深くて大きいと思います。

聖書研究会と教会をとおして、数名の良き友人ができました。そのひとりは、田中邦夫君です。彼は哲学を学んでいました。彼は物事を的確にとらえて表現する能力に秀でていました。その点私は一目をおいていました。大学三回生のときに誘いあって同じ下宿に移りました。一緒に聖書を読み、そして祈るためでした。その冬、二人で相談して、瓜生山《うりゅうやま》で早朝祈祷会を始めました。ところがあまり丈夫でない私は、数日後に風邪を引いて寝込んでしまいました。

すると、お願いしていないのに、教会員で、中国人のお医者さんの徐積鑑《じょせっかん》先生（ご本人がそう呼んでいた）が診察に来てくださいました。おそらく田中君から牧師に伝えられ、さらに徐先生に伝わったのであろうと思われます。徐先生は、病気が治るまで来てくださいました。そして費用はお取りになりませんでした。このような経験をしたのは生まれて初めてのことでした。

さらに驚いたことには、夕方に、牧師夫人がわざわざ食事を運んでくださいました。下痢をしていると聞いたので、消化の良いものを作ってきてあげたとおっしゃるのです。数回お届けいただいたと思います。一度目の料理は今もはっきりと覚えています。平たい形をした白身魚の煮つけと（平目かカレイのどちらか）、ほうれん草のおひたしと軟らかいご飯と梅干でした。

学内聖書研究会に出ておられた川田殖というお方も教会員でした。学部は国際基督教大学で、エーミル・ブルンナーに大きな感化を受けられ、平信徒伝道者を育てることをご自分の使命とされていました。この方は、教会のおもに若い者を対象にほぼ毎週、礼拝後に聖書研究会（マルコによる福音書）を開いてくださいました。しかし半年後には、川田さんは、国際基督教大学の助手として招聘されることになりました。この聖書研究会はこれで終わると思っていましたが、何と驚くべきことに毎月東京から京都にこられて聖書研究会をつづけられました。ちなみに、この聖書研究会で私たち学生は、毎回のように奥様がお作りになった料理をご馳走になりました。

さらに川田先生はその夏、長野県佐久市の正安寺という禅寺で聖書研究会を企画され、「ガラテヤの信徒への手紙」を学ぶことになり、翌年、翌々年には「使徒言行録」を。その後、私たちは、

「佐久聖書学舎」での聖書研究会にも参加するようになります。川田先生には語り尽くせないほどお世話になりました。先生は、私たちのためにどれほど研究時間を犠牲にしてくださったか知れません。

時間は少し戻ります。大学三回生の終わりから四回生の春に私はノイローゼに近い状態になりました。ひどい不眠症にも苦しみました。一日中、緊張をしている感じで、肩と首を絶えず凝らしていました。そういう時は、長時間机にしがみついていても、勉強はほとんど身につかないものです。卒業はしたものの大学院の受験には失敗しました。今後どうするか迷いましたが、教会の人たちの励ましもあって、再挑戦することにしました。家に経済的負担をかけられないので、三畳一間の安い下宿にかわりました。両方の壁に書架を置くと布団がちょうど引けるほどの広さでした。

牧師夫人は次のように言って励ましてくださいました。「下村さん、人間は苦しいことに逢うと二通りに分かれるの。性格がひねくれてしまう場合と、人の苦しみが分かる人間になる場合とに。キリスト教の信仰があると後者になるのです」と。

そんなある時、牧師から次のような話がありました。「君も良く知っているある教会員が、君に奨学金を出してあげようと言っている。そして、これは後に返還する必要のない奨学金である。私はこの方の経済状況を良く知っているので、心配はいらない。君、このせっかくの好意を受けてみないか。いや受けたまえ」と、断れないような雰囲気です。しかし私は奈良の田舎に育ちましたから、古いしきたりがあり、贈り物をもらったら必ずお返しをする母の姿を見て育ちました。しばらく返事ができないでいると、牧師はつづけて、「重荷に感じるのであれば、出世払いという言葉もあるから、別の形でこれに報いることもできる」とおっしゃるのです。私は受けることにしました。

当時の私は、自信をすっかりなくしていました。自分のような人間は生きる値打ちがないのではないかとも感じていましたので、この申し出は、私に大変な勇気を与えてくれることになりました。このような者の将来を信じてくれている人がいるということを意味しているからです。

しかし、なぜ私のようなものがこのような親切を受けるのか、その理由が当時の私には分からないわけです。そのような意味で今日の説教題は「いわれなき愛」としました。受ける理由がない愛という意味です。私は生涯を通じ、この「いわれなき愛」と受けつづけた感を覚えます。

小笠原先生は、大学院を修了後、数学の教師をしながら、被差別部落の人々の友となることが、自分の、キリストに従う道と考えられ、夫人と共に被差別部落に住み、そこの子どもたちのために学習塾を開いておられました。その先生から、英語を手伝ってくれないかと頼まれました。この方に頼まれると断れません。引き受けますと、当てにしていなかった報酬をくださいました。これは、手伝ってほしいという依頼の形をとってはいるが、本当のねらいは落ち込んでいる私を励ますためであったと後になって理解できるようになりました。そして、ここでも私は食客になりました。「食べ物の恨みは恐ろしい」といいますが、私はその逆の体験を何度もしたことになります。

これまでお話ししてきたことは、ほんの一部に過ぎません。いろいろな方から、私は温かい交わり、励まし、支え、祈り、心配りを受けてきました。沢崎良子先生、村上フミ先生、浅野澄子先生からは、「いつもあなたを静かに見守っていますよ」といったオーラのようなものを感じていました。鈴木淳平先生は、「祈りのノート」というのを作っておられて、祈りに覚える人の名前が書かれているそうです。その中に私の名前も記されていたと後日知りました。

最近の北白川通信にも書かせていただきましたが、仕事の関係で京都を離れることになります。ところで、真贋を見分ける目を養うためには、まず本物ばかりを見ることが肝要であると言われています。この消息は信仰についても当てはまるのではないでしょうか。北白川教会で本物の信仰とその生きた姿に触れた人間には、別の教会はどこか偽物のように思えてしまい、次第に教会から足が遠のくようになることが何度かありました。そのような経緯をたどった人間は、私だけではないように思われます。それが長くなると信仰まで失う事態になりかねません。そのような中で、青山君は、長年、奥田先生の説教の筆記を送りつづけてくれました。故小川君は絶えず電話で消息を尋ねてくれました。浅野先生は時々お電話をくださり、家族の近況を尋ねてくださいました。私が不在の折は妻とお話しくださいました。松原千里さんは、メールと電話で浅野先生はじめ北白川教会の方々の近況を伝えてくださいました。その他多くの人々の祈りと支えがあってはじめて私はかろうじて信仰を失わずにくることができました。

徐先生の記念会の案内をいただいたとき、大変お世話になっているので、すぐに出席の返事を出しました。しかし、手帳に書き留めるのを忘れたため無断欠席をしてしまいました。すると、その日の夕刻に浅野先生から電話があり、なぜ休んだのかときびしい叱責を受けました。人生で最も悔やまれる失態です。もし先生のお電話がなければ、そのことに気づくことすらなかったかもしれません。これは私の不義理を象徴する出来事であると言えます。私は、北白川教会の人々から受けた数々の愛に応えることができず、申し訳ない気持ちでいっぱいです。

奥田先生から受けたご恩についてもう少しお話しいたします。私は、体が丈夫でなかったせいかよく風邪を引きました。もしかして薄いコートを着ていたからでしょうか、奥田先生からお古の厚い毛織のオーバーコートをいただいたことがあります。

大学院の受験に失敗した直後のことでしたが、「下村君、日曜学校の先生をしてくれないか」と声をかけられました。この時も、なぜこんな頼りない私に声がかかるのかと思いました。井川君や高岡さんや片柳君は、私の目からすると、もうしっかりした大人という感じに見えましたが、私はまだ頼りなくて不安定でした。こんな頼りない私に日曜学校の先生をせよというのです。迷いましたが、自分は子どもが好きであるという理由だけで引き受けました。私には、生まれつき、子どもたちと我を忘れて遊ぶことができる能力が与えられていました。担当は、小学校の三、四年生でした。引き受けて間もなく、私のような者をも慕ってくれる子どもたちによって自分がものすごく力づけられるのを経験しました。奥田牧師は、落ち込んでいる私を励ますためにこの任を負わせてくださったのかもしれません。子どもたちが慕ってくれるので、私も一生懸命準備をして臨みました。すると、最初一〇人ほどであった生徒がどんどん増えて二四名になりました。この経験から私は、もしかして自分は教師に向いているのかもしれないと思うようになりました。

奥田先生は、個人的にときどき話しかけてくださいました。そのような経験は多くの方にあるかと思いますが、そのいくつかを紹介します。先生は、ときどきぽつりとご自分の内面を漏らされることがあります。「二代目、三代目のキリスト者は、いつもたんたんと生きていけるようだが、初代のキリスト者は、絶えず必死でキリストにしがみついていないと、失いそうになる」。それを聞いて、私も初代のキリスト者ですので、その通りだと納得しました。

「下村君、天国へ行ったら意外な人に会えないかもしれないよ。それは私自身にも言えることだが。信仰というのは単純なことです。しかしそれが難しいのです」。私はこう解釈しました。先生はよく、「悔いし砕けし魂」ということを口にされる。それはキリスト者のあるべき心の様であるが、その「悔いし砕けし魂」になることが人間には極めて難しいからだと。

これはお話ししなくてもいいことですが、先生に一度ほめられたことがあります。京都共助会の例会で、三谷隆正（1889 - 1944）の小論を紹介したことがありました。三谷隆正は、内村鑑三に師事したキリスト者で、旧制第一高等学校の教授、法制とドイツ語を教えた人です。温厚な人柄で知られ、一高の良心と言われていました。例会が終わった後、「下村君、三谷隆正を素材にして、人を笑わせるとはたいしたものだ」と。これはほめ言葉かどうか分かりませんが、私自身は、そのように受け取りました。ところで、私は、笑いを取ろうとしたのではなかったと思います。若造にそんな余裕はなかったはずです。私は、その後、大学でドイツ語とドイツ文学の教員を勤めました。授業中、特別学生を笑わせようとしているわけではないのに、学生が思わぬところでどっと笑うのです。こういうのを「天然」と言うらしいです。

このような話もされました。「ここ数日、頭がボーとして考えることができない。そのため説教の準備が一向にすすまないので困っている。イザヤ書の53章を取り上げているのですが、もしかしてその内容のせいかもしれない」と。

イザヤ書53章は、先ほどその一部を読んでいただきましたが、皆さんも良くご存知のように、「苦難の僕《しもべ》の歌」と呼ばれているもので、第二イザヤの使信の核心部分です。3節「彼は軽蔑され、人々に見捨てられ、多くの痛みを負い、病を知っている。彼はわたしたちに顔を隠し、わたしたちは彼を軽蔑し、無視していた」。主《しゅ》の僕《しもべ》の生涯は苦しみに満ちたもの、苦しみそのものであることが示されます。彼の周辺にいたイスラエルの人々は、「神の手にかかり、打たれたから彼は苦しんでいるのだ」（53・4）と考えます。つまり何か悪いことをしたために神の罰を受けたのであると。しかし本当はそうではありません。4節「彼が担ったのはわたしたちの病、彼が負ったのはわたしたちの痛みであった」。5節「彼が刺し貫かれたのは、わたしたちの背きのためであり、彼が打ち砕かれたのは、わたしたちの咎《とが》のためであった。彼の受けた懲らしめによって、わたしたちに平和が与えられ、彼の受けた傷によって、わたしたちはいやされた」。6節「わたしたちは羊の群れ、道を誤り、それぞれの方向に向かって行った。そのわたしたちの罪をすべて、主は彼に負わせられた」。

この苦難の僕の姿は、わたしたちのすべての罪と苦悩を負って十字架につかれたイエス・キリストの苦難の生涯とその意味をほうふつとさせるものです。その預言とも言えます。少なくともその前体験と言えると思います。

この箇所をもとに説教の準備をしていて頭が働かなくなるというのはどういうことでしょうか。十字架の贖いによる罪の赦し、神の無償の愛、無条件の愛、ただ「受け取るという条件だけが付けられた愛」（エーミル・ブルンナー）、その愛に奥田先生は捉えられ、粛然とした気持ちで受け止めながらも、魅了され、恍惚として酔ったように「ボー」となっておられるのでしょうか。そうだろうと思われます。私の言葉が貧しくて表現できません。

二〇代の私は奥田先生の言葉の意味が十分には分かりませんでした。今は私なりに分かります。このように神の愛にボーとなりうるのは、偉大なことだと。これは奥田先生の信仰の核心部分を示す言葉だと。そして私が受けてきた「いわれなき愛」の背後には、この神の愛があったことが分かります。「神は、その独り子をお与えになったほどに、世を愛された」（ヨハネ3・16）。その神の愛に生かされた人間は、自分のためではなく、他者のために生きる人間となります。

その消息を「コリントの信徒への手紙二」4章の10節から12節に書かれています。「わたしたちは、いつもイエスの死を体にまとっています、イエスの命がこの体に現れるために。わたしたちは生きている間、絶えずイエスのために死にさらされています、死ぬはずのこの身にイエスの命が現れるために。こうして、わたしたちの内には死が働き、あなたがたの内には命が働いていることになります」。私が受けた「いわれなき愛」は、この「イエスの命」でありました。その背後に、自己の死がありました。

さきほど少し触れた三谷隆正の「信仰の論理」という小論の結びに次のように書かれています。「私の一生の大野心（アムビション）は自己に死ぬ事である。而して他者裡に甦る事である。それ以外の野心を持ちたくないものと思ふ」。（三谷隆正全集第一巻）

私は自分がいわれなく愛されてきた人間であるということを、百パーセントのリアリティーをもって感じることができます。どれほど感謝しても感謝しきれません。しかし、他方、自分が受けた愛に恐れを感ぜずにはおられません。過去に経験した愛は底なしの井戸のように深い。その井戸を覗くと、言い知れぬ恐ろしい感情で満たされます。受けるばかりで、何ひとつ報いることができていないからです。徐先生の記念会への無断欠席はそれを象徴する出来事です。私にとって生きるということは負い目ばかりを増やしてゆくことです。

飯沼先生はよく「愛のパスオーバー」という言葉を口にされました。愛は受けた人に返すのではなく（バックパスではなく）、次の人に手渡すものであるという意味です。しかしそれもできてきたとは到底言えません。しかし、少しなりとも次の人に手渡してゆけるようでありたいと心から願っています。

過去に出会ったすばらしいもの、すなわち「いわれなき愛」は私の中に織り込まれ、私を造り上げくれました。今はひたすら、それが永遠に形成をつづけながら私の内に生きづづけ、創造を行うものとなることを願っています。そうあれかしと、みなさまの執り成しの祈りをお願いいたします。

第11章　エーミル・ブルンナーの「社会倫理」

はじめに

最近『ブルンナー著作集』第六巻「倫理・社会論集」（川田殖ほか訳）をかなり丁寧に読む機会があり、久しぶりに胸がわくわくするような読書の楽しみを与えられるとともに、信仰者としての、また思想家としてのブルンナーの偉大さを改めて知らされた。さらに、職場で出会うさまざまな問題に対して——すぐに役立つ具体的な示唆というものではないけれども——キリスト者としてどのような姿勢で取り組めば良いのかという点で、新たな指針と、また投げやりにならずに問題解決にあたる勇気とを与えられた。そこで今回は、今まで親しんできたブルンナーの著作から読み取ったものを整理する形で彼の「社会倫理」について考えたい。これは、聖書の真理を〈出会いとしての真理〉とする彼の基本的態度と並んで、彼の宣教的神学の顕著な特徴である。

ブルンナーの社会倫理をごく簡単に公式化すると次の二点になると思われる。彼は、まず第一に、キリスト教信仰は文化に対して、批判と建設という二重の意味をもっていると考えている。ここでいう文化は広い意味で用いられ、科学、学問、芸術、宗教、思想、および教育、政治、経済等、生活と社会を成り立たせている人間の営みの総体とその所産のことである。そして批判という点では、キリスト教は、現代のさまざまな現象の根本にある問題を見抜くことができるとし、ブルンナーは実際にその分析・批判を行っているのであるが、彼の、人間や社会、あるいは現代人の精神状況に対するリアルで深い洞察力と適切な批判には驚くべきものがある。またキリストの愛は、単に光であるばかりではなく、力と生命でもあり、その力と生命は自ずと人間関係・社会関係の変化を引き起こすと、ブルンナーはキリスト教がもつ積極的・建設的側面を強調しているが、彼の語る言葉自体もまた力と生命に満ちたものであると言わなければならない。

さらに、第二点として、これは神学的には議論の別れるところであるが、ブルンナーの倫理の特徴は、個人倫理と社会倫理を明確に分かつ点にある。個人倫理の本質は赦す愛にあるが、それを直接的に社会倫理に当てはめれば、この世の組織や国家は成り立たなくなり、生存が不可能になる。それゆえ「世界保持」のためには非人格的で強制的な法秩序が必要であるとブルンナーは主張する。しかし彼は一度分かったものを、文化、社会、国家にキリスト教的な方向づけを与え、それらを人格化するという形で再び結びつける。

一　「社会倫理」の基礎

先にも触れたように、ブルンナーの神学の基本的態度は、「出会いとしての真理」である。彼の「社会倫理」を理解するためにも、その基本を踏まえることが必須であるように思える。ところで、ブルンナーのいう「出会いとしての真理」の根本は、人間が神の似姿として、すなわち神の呼びかけに応えるべきものとして創造されたということにある。けだし、創造者なる神が対話の相手とされたということは何と偉大なことであろうか。ここにこそ人間の尊厳がある。しかしそれは語りかけに応えたときにのみ意味をもつことになるであろう。そのとき初めて出会いが生じ、人格性が成立することになると言えるからである。そして、神は歴史のなかで様々な形で人間に語りかけてこられたが、人間がそれに応えなかったゆえに、最後にはキリストの十字架をとおしてわれわれに語りかけられた。この愛なる神に信頼をもって応え、身をまかせること、これが信仰ということに他ならず、そして信仰をとおしてわれわれの人格性が回復されることになる。ブルンナーは次のように語っている。イエス・キリストにおいてわれわれに語りかけ、われわれをご自分のもとに呼び寄せる神の愛を受け入れる信仰は、「孤独な、自分自身しか愛しえない人間——その関心が独楽《こま》のようにただ自分自身のまわりを回っているにすぎない人間を、共なる人間を愛する人間に造り変えます。私が永遠から永遠にわたって神に愛されていることを知るならば、私の中にも愛がめざめます」。(『ブルンナー著作集　第8巻』「フラウミュンスター説教集Ⅱ」)

このように、私個人に呼びかける神の招きは、同時に共同体への招きでもある。これは「出会いとしての真理」において忘れてならない大事な点である。さらにブルンナーは次のように語っている。「人間は、一個人としては完全ではありません。彼には何か本質的なものが欠けています。いわば欠陥のある人間です。共なる人間が彼のところにやって来た時にのみ、また他の人に対して人間が共なる人間となった時にのみ、彼は一人の完全な人間となります。人間は、神との交わりから生じる共なる人間と交わる時にのみ、真実の完全な人間になります。それゆえ、われわれは信仰によって初めて欠陥のある人間でなくなり、完全な人間となるのです」(『ブルンナー著作集第8巻』)。

このように人間は神と交わり、そのことをとおして共なる人間と交わるとき、ほんらい在るべき形の人間、真の人間、人格となる。これが、ブルンナーの「出会いとしての真理」の中核である。そして真の人間性、真の人格性の本質とは、イエス・キリストにおいて現された神の無条件な愛に他ならない。また、キリスト教が文化に対してもつ批判と建設という二重の態度も、この人格性あるいは回復された人格という点から自ずからにして生じてくる。

二　批判的側面と建設的側面

まず批判的側面についてであるが、キリスト教が呈示する真の人格性・真の人間像は、人間性の誤った理解に対する反証となる。例えば教育を例にとると、単に生きる技術や能力のみを訓練する教育や、国家を最高の価値と考えて国家に役立つ人間を造る教育、あるいは崇高ではあるが現実感覚と共同性を欠いた人文主義的な教育理念、さらに教師が生徒に一方的に知識を授ける、人格を無視した日本の教育は、歪んだ教育、間違った教育であって、真の人格を形成する教育ではないことが分かる。また、文化は、それ自体が決して目的ではなく、文化の真の最高の目的は愛を実現すること、あるいは愛の人格共同体を造りだすことだと言えるであろう。だとするならば、キリスト教は必然的に、文化を人生の目的としたり、文化の産物を絶対化する態度に対する批判となる。すなわち、芸術のための芸術。自然科学に最高の価値をおく態度。人間を国家の道具とし非個人化する全体主義国家（これは国家の絶対化に他ならない）。すべてのものからの自由、否、神からの自由をも主張する絶対的な自由主義。人間を宇宙的機械の部品におとしめる決定論。世界の歴史全体がまるで自然現象のように自然必然性をもって生起すると考えるマルクス主義的唯物史観等である。これらは、人間が神への応答責任をもつ一個人であることを忘れたために必然的に生み出されたもので、そこでは目的と手段が逆転しているのであるが、キリスト教信仰のみが、このような現象の根本にある問題を見抜くことができる。

以上はキリスト教が文化に対してもつ批判的側面である。しかし、キリスト教は単に真の人間像を呈示して文化を批判するばかりではなく、真の人間像と、それに基づく共同体を実現する。キリスト教に現れた神の愛は、それを受け取る人の人格の中心に、人を愛そうとする新しい意志と情熱を生み出し、それが社会を根底から変える力となる。そして、事実、キリスト教が原動力になって生み出されてきた思想や運動としてブルンナーは次のものをあげている。男性と女性の平等の価値を認識する思想。奴隷解放運動。子どもの権利を守る運動。資本と労働の相互関係にあるべき正義や、平等の権利についての考えを高めるための努力。一般への教育の普及。民主的政治体制の確立。これらの思想と運動はすべて、いかなる人間も神の子であり、かけがえのない尊厳をもつと考えるキリスト教、個人としての人格の価値は社会や国家よりも高いとするキリスト教から生まれてきたものであると言える。

三　個人倫理と社会倫理

キリスト者とキリスト教教会の第一の根本的な任務が福音の告知にあることは言うまでもない。

そしてイエス・キリストの共同体は、それが真の信仰者からなる真の共同体であるならば、その存在そのものが非常に大きな貢献であり、それだけで、この不正の世の中で、より良い関係の創造のために役立つことができる。宣教、すなわち福音を告知し、信仰を生み出し、信者とキリストの共同体を造るという課題こそは、第一の基本的で最も重要なキリスト教会の使命である。しかしブルンナーは、それとは別にもう一つの任務があると言う。それは、この世界において人間的で正しい秩序の構築に協力するという任務である。たとえば、政治に携わるキリスト者、あるいは国際法の形成に直接あるいは間接に関与しているキリスト者は、異なる宗教を信じるさまざまな民族が現に存在しているという状況の下で、民族関係の調整と国際法の形成のためにどうするかというこの世的な課題と取り組まなければならない。彼は不信仰者や異教徒がキリスト教徒になるということを考えずに、彼らと一緒に働かなければならない。これは宣教とは別の課題だとブルンナーは考えている。そして、最も重要な宣教という任務に対して、これを、第二義的で間接的任務と呼ぶ。事情は単に国際政治の世界だけにとどまらず、企業や学校といったさまざまな共同体や組織においても同じであろう。それぞれの組織はそれ独自の目的をもって組織され、運営されている。そこで働く人間の働きは、その組織の規約とか法律によって維持されてきた役目によって拘束されている。したがって、そういった組織のなかでは、キリスト教信仰を利用したり、それへの服従を求めたりすることは許されない。

ところで、二つの任務は、一応、第一義的、第二義的という区別がなされているが、重要性において違いがあるわけではない。ブルンナーはこう語っている。

キリスト教徒はイエス・キリストのために心が燃えているものでなければならない。けれどもまたすべての人間、生きとし生ける人間の安寧のために心が燃えているものでなければならないのであります。であるからキリスト教的な心をもっておるならば、おのずからそこに正しい社会秩序をつくり出そうとする熱意が生まれてこなければならないのであります。

（『日本におけるブルンナー』）

個人倫理の全体は「愛する」という一語で要約できるのに対し、社会倫理のほうは、「即物目的（事柄に即した客観的な目的）」という一語で要約できるまったく別の諸原理によって規定されている。個人倫理の本質は赦す愛であるが、それを直接的に社会倫理に当てはめれば、すでに述べたように、この世の組織や国家は成り立たなくなり、生存が不可能になる。それゆえ「世界保持」のためには非人格的で強制的な法秩序が必要であるとして次のように語っている。

使徒パウロは『ローマの信徒への手紙』の第一三章において、国家権力は公正を守り、不正を――少なくともその最も野蛮な形のものは――抑圧するために神によって定められたものであり、それゆえに良いものであると教えています。……国家の法があってこそ、何らかの正義の要求を実現することができ、貧しいものを富者の搾取から守ることができ、貧しい者を公共の学校と公衆衛生の恩恵にあずからせることができるのです。国家は必要な場合には強制的に実施することができる法律があって初めて、公共の福祉と呼ばれている一切のことを実行することができます。もしこのような国家の平和秩序がなければ、人間は無防備のまま無法者の犠牲になるでしょうし、秩序ある平和な生活はおよそ不可能になるでしょう。(『ブルンナー著作集』第8巻)

周知のように、キリストはわれわれから赦しの愛、無抵抗、非復讐を求めておられる。しかし国家からは赦しの愛を要求することはできない。報復しない愛は国家を無政府状態に陥らせ、解体してしまうことになる。

四　創造の秩序

ではどのような基準にしたがって正しい社会を構築してゆけばよいのであろうか。そもそもそのような基準は存在するのであろうか。その問いに対してブルンナーは、基準は存在する、それは創造の秩序であると答える。すなわち、神が世界を創造した際に、万物に秩序を与えたが、同時に、その秩序にかなう法というものを造って与えている（それをブルンナーは「正義」と呼ぶ）。神の法は時代を超越した普遍的なもので、その認識は罪によって曖昧にされてはいるが、あらゆる民族にある程度は知られている。例えばモーセの十戒の第四戒以降の道徳的規定は世界中の民族に知られているとブルンナーは主張する。さらに、人格の尊厳の理念、人権の理念、道徳的要請としての平等と自由の理念といった諸原理は、歴史的にも事柄に即してもキリスト教的信仰に由来しているが、いったん知られるならば、普遍的かつ合理的な明白さを有し、それゆえ不信仰者にも他宗教の信奉者にもはっきり理解できる諸原理であると思われると語っている。

したがって、福音は告知すべきものであるが、神の法は既知の事柄をさらにはっきりと教えることを課題とする。キリスト者は、個人としては赦す愛が求められているが、組織のなかの人間としては、組織の即物目的を念頭に置き、世界保持のために自国民および諸国民に奉仕することが求められている。それが、間接的な愛の奉仕となる。神に仕えることになる。

それでは、組織のなかで世界保持のために奉仕するキリスト者と非キリスト者との間に、その働きという点で違いはあるのであろうか。正義が普遍的なもの、客観的なものであるならば、それを知るという点で時間的な差や量的な差はあるかも知れないが、質的な差はないはずである。しかし、ブルンナーは、自ずからにして働きの差が出てくると考えている。なぜなら、キリスト者の最終的な目的は、キリストの共同体をつくることにあるからである。「最終目的である神の国、信仰にあって認識される神の国から見る時、愛の精神にのっとってこそ国家目的も広がりと深まりを経験するということは自明のことであり、たとえばペスタロッチの精神にのっとって、人間を国家のものにするのではなくて国家を人間的にすることが肝心なのである。単なる法治国家を高めたものとしての福祉国家の理念は、人間生活の最高目的としてのキリスト教の愛の理念にその根源を持っているのである」(『ブルンナー著作集』第6巻)。このことは、卑近な例えを用いて説明すれば、住む家を作る大工の働きに似ていると言えるであろうか。大工は自然の法則に従い、安全で住みやすい家を造るという任務をもっている。そこには可能な限りの匠《たくみ》の技術が要求される。立派なキリスト者であるがすぐに壊れる家を造るようでは大工として失格である。しかし腕が確かで、その上、キリスト者としての誠実さと思いやりがあれば、安全と住みやすさという点で、自然とどこかに違いが出てくるであろう。これは、医者についても、教師についても、政治家についても同じことが言える。

このようにみてくると、ブルンナーが社会倫理を問題にして倫理を二つに分ける場合に、さしあたり彼は、キリスト教の愛の力が、社会(政治制度あるいは経済活動等)に対していかなる意味をもっているかということを問題にしないで出発する。しかしその後で、ひとたび明確に分けたものを、再び社会や組織を「人格化する」という形で結びつけているように思える。しかしまた、別の理解も可能のようにわれわれには思える。というのも、彼は社会に対してキリスト信仰がもつ影響力・創造力というものを、自明なものとして前提にしているようにも考えられるからである。それは自明のこととして一度置いておいて、キリスト教の世界観や人間観から、民族や宗教の違いを超えて受け入れられる社会倫理の基準と秩序を導き出そうとしているのかも知れない。

今回はブルンナーの社会倫理の枠組みだけを述べるにとどまった。しかし彼の社会倫理の本領は、神学、哲学、芸術、教育、社会学、法学、歴史等といったさまざまな学問領域を広く学び、それらが扱う諸問題を考量・検討し、澄んだ夜空の星座のように位置づける点にある。

おわりに

なぜブルンナーは個人倫理と社会倫理を分けるのであろうか。その理由を整理すると次のようになると思われる。

まず⑴堕罪後のこの世にも、世界保持という形で神の御手が働いているというブルンナーの信仰をあげなければならないであろう。⑵すでに述べたように、ブルンナーは、キリスト教の愛の倫理を直接社会倫理に適用すれば、社会は成り立たなくなるという理解をもっている。⑶二つを直接的に結びつけると、この世に対して以下のような三つの態度が結果として生み出されてくるが、これは正しい関わり方ではないとブルンナーは考えている。

まず第一には、世界全体が進歩してやがて神の国になるという幻想、すなわち、この世のユートピアという幻想を抱くようになるからである。ブルンナーはリアリストであって、いかに深く罪がこの世に浸透しているかを知っている。

第二には、クエーカー派やメンノー派のように、国家の中で一切の協力を拒否し、この世と隔絶した生活をおくる、あるいは、この世では非暴力の原則を貫けないので、修道士や修道女となって、この世を捨てて生活するといった隠遁生活を生み出すからである。

第三には、この世と隔絶あるいは隠遁という形を取らずに、あくまでもこの世に参加し、この世に働きかけて神の国を実現しようとすると、この世の巨大な悪にぶつかり、「世界全体が堕落・没落して一切は無になってしまうのだという絶望に陥る」(『キリスト教と文明の諸問題』)からである。

(4)二つを分ける態度は、他の価値観や信仰をもつ人と同じテーブルについて語りかけ、働きかけることを可能にする。(5)このような社会倫理は、この世に対してある種の余裕、いや、むしろ自由をもっているように見える。そこから、罪のこの世にあっても希望を失わずに、この世の破れた現実に働きかける手掛かりと、勇気が生まれてくるように思われる。

ちなみに筆者が研究しているラインホルト・シュナイダーは、個人倫理と社会倫理を直接的に結びつける一人である。この点については、拙著『生きられた言葉』の第5章「シュナイダーの平和思想」を参照していただきたい。彼の場合、キリストの愛の倫理をどのような場合、どのような状況にあっても貫こうとし、しかもあくまでも政治参加の姿勢を保ちつづける。そこから彼のナチスに対する殉教を覚悟した抵抗が生まれてきたと言える。このような態度は信仰的に非常に純粋であり、心惹かれるのを覚える。またそれが、イエス・キリストの十字架への道を真実にたどるあり方であるように思える。しかしその生活と生涯は苦悩と悲劇の色を帯びてこざるをえなかった。とはいえ、二人の社会倫理の違いは、生きた時代は同じであったとはいえ、社会状況や生活の場――シュナイダーが生きたドイツとブルンナーの生きたスイス――の違いにも起因しているように思える。先にブルンナーの社会倫理はこの世に対してある種の余裕をもっているように見えると述べたが、シュナイダー（そしてボンヘッファー）は、「第1章　歴史の中で真理を生きる　四　裸の十字架」および「第3章　二　共苦としての愛」において語ったように、そのような余裕を見いだせない状況に追い詰められていたことも事実である。

第12章　政治と信仰——アンゲラ・メルケルの場合

はじめに

七月の京都共助会例会の折、井川満さんからメルケル首相の講演集『わたしの信仰——キリスト者として行動する』（新教出版社、二〇一八年）を紹介されて私も読んでみた。そして、思いもよらない内容の本に接した驚愕と、深い感動を覚えた。メルケルに関する本は、今までに数冊読んだことがあった。どれも、権力闘争や国益、国際間の駆け引き、あるいは運不運といった観点から述べたものばかりであった。それらの著者はおそらく『わたしの信仰』を読んでいないと思われる。なかにはメルケルは政治理念を持たないと書かれているものもあった。私も政治とはそのようなものかと思っていたが、この本を読むと、そうではないことが分かる。メルケルは深い確かなキリスト教の信仰をもち、その人間理解と社会倫理を価値基準として政治を行っていることが分かる。政治は理想通りにはいかないだろうと思う一方で、このような具体的な施策の背後に理念あるいは理想があって、それに基づいて行われる政治の恩恵にあずかっている国民を羨ましいとも思った。

一　政治と信仰

メルケルは、国家においては政治と宗教ないし信仰は分離されていなければならないこと、いわゆる政教分離を大前提にしている。しかし同時に、政治が身勝手なものにならないために、何らかの規範、方向性、あるいは理念といったものがなければならないと考えている。しかしそのような規範、理念は、政治それ自体から生み出されることはできない。ではそれはどこに求められるのであろうか。彼女は、「政治もまた、私には基礎的な価値や規範といった共通の意識に対して教会と共同の責任を負っていることは疑問の余地がありません」と語り、さらにヨーロッパにおいて、「人間の尊厳、自由、平等、連帯という不可分で普遍的な諸価値」は基本的に共有されていると語っている。メルケルにとって政治を導く理念は、キリスト教とは切っても切れないヨーロッパの精神的諸価値であると言うことができる。

ヨーロッパ二〇〇〇年の歴史のなかで、キリスト教は異端審問、魔女狩り、十字軍、宗教戦争、征服による植民など多くの過ちを犯してきた。しかしまた他面、自由、平等、人間の尊厳、人権の尊重、相互扶助、民主主義、自然保護等の諸理念は、キリスト教と密接に関係している。いや、キリスト教から生み出されたものであると言っても過言ではない。

二　政治の基盤

メルケルはドイツおよびヨーロッパ連合（ＥＵ）の精神的基盤を次のように表現している。

「ヨーロッパの精神的諸価値は、人間の尊厳についての観念に要約されています。人間は神の似姿であると理解するキリスト教は、国籍や言語、文化、宗教、肌の色、性別などによらないあらゆる人間の平等をわたしたちに教えています。それゆえ政治の規準は国家ではなく、政党でも人種でも階級でもありません。国家のあらゆる活動の中心には、人間とその不可侵の尊厳があるのです。……人間の尊厳は、市民権や人権を与えられていない人々の権利を守ることも命じます。……さらに、人種差別や反ユダヤ主義、外国人敵視に対して決定的に介入することもそこに含まれます。人間の尊厳を重んじることは、この世界をたもつことをも要求します。わたしたちの子どもや孫たちにも、損なわれていない環境や生活基盤を持つ権利があるのです人間の尊厳を保障することから、自分の人格を自由に発展させることのできる個人の権利が最終的に育ってきます。自由を持つ権利というのは、そもそも人間が持つ権利のなかで最も重要なものの一つです。たとえそれが他者の気にさわろうとも自分の意見を言う自由、信仰の自由、商取引の自由、社会全体に対するそのときどきの責任においての、個人の自由。自由に関するキリスト教的精神は、二〇年前、ヨーロッパの不自然な分割（東西ドイツの分裂）を克服する際にも重要な役割を果たしました。キリスト教精神は本質的なところで、全体主義の歪みに抵抗し、共産主義の独裁権力を空洞化する力を人々に与えました」。

三　社会的市場経済

「社会的市場経済」は、企業間の自由競争と市民の平等・公共の福祉を同時に実現しようとする思想である。この場合の「社会的」は、調和ある社会の実現を目指すという倫理的な意味を持っている。メルケルは、この理念がカトリックの社会教説とプロテスタントの社会倫理から発展してきたものだと考えていて、これを高く評価している。したがって新自由主義に対してはきわめて批判的である。具体的な政策としては、住宅の供給、所得再配分、社会保障・社会福祉の充実、中小企業の自立支援、教育の機会均等、仕事と生活のバランス、会社経営における労使間の協議体制、失業対策等をあげることができる。

メルケルは次のように述べている。

競争は、あらゆる市民の幸福のために創造的な力を発揮させるものであるべきです。もしも経済が人に貢献するという機能を見失ったら、何が起きるでしょう？　金融危機の影響がドイツに及んだ際、わたしたちはそれを目撃しました。社会的市場経済の基本的な認識が失われるならば、市場の自己調整力も揺らぎ、公共の福祉という目的は、なりふり構わぬ利益追求に道を譲ることになってしまいます。そうなると、多くの人の不幸の上に個人だけが幸福を得ることになります。

「社会的市場経済」の思想は日本国憲法にも取り入れられているが、ドイツとの相違点について少し述べておく。教育の機会均等という面で、ドイツでは小学校から大学院まで、留学生をも含めて原則無償である。ただ、州によって異なるが、財政難が理由で、二〇年ほど前から諸経費という形で年に数万円から十万円ほど徴収されるようになった。それでも、州内のほぼ全域と国内の大学都市を無料で移動できるパスが支給される。会社経営に関し、ドイツでは労使間の協議体制がとられている。会社の運営方針および日々の労働の内容は、経営者と労働組合双方の代表者で構成された協議会で決定される。これは世界で類を見ないシステムであろう。

メルケル政権で取り入れられた施策を二つ紹介しておく。世界的金融危機のおりに、ワークシェアリング制度が導入された。労働時間を短くして、労働を分け合う失業対策であるが、同時にワーク・アンド・ライフバランスを考慮した政策だとされている。労働組合が仲介する形で希望者を募り、労働時間が決められる。景気が回復に転じた際に、企業が熟練労働者を解雇せずに済んだことは大きな力となった。

もう一つは移転ワークシェアリング制度である。失業者、あるいは経営が苦しくなった企業が労組側と合意の上で定めた余剰人員を「移転会社」で受け入れ、一年間、新しい技術を習得させる。就職先の斡旋も行われる。その間、失職時の六〇－六七パーセントの給料が支払われ、それは失業保険の代替となる。

四　財政規律

「わたしたちは財政を強化しなければいけません。未来の世代に負担をかけながら生きるわけにはいかないからです。未来の世代に負担をかける生活は、社会進歩とは言えません。一つの世代のことだけ考えて次の世代を考慮しないのは、まったくナンセンスです」とメルケルは語る。

彼女は、経常収入と経常支出を同等にする均衡財政にできるかぎり近づけることが政府への信頼を増し、公債の金利を下げ、長期的には経済成長につながると考えている。ギリシア危機の際にも、EUを主導する形で、財政支援の条件としてギリシアに緊縮財政の実施と財政再建の自助努力を強く求めたことで知られている。そのため諸外国からは、「メルケルは頑なに財政規律と緊縮財政を金科玉条《きんかぎょくじょう》のごとく掲げて譲らない」、「メルケルは行動が遅すぎる、冷たすぎる」と批判された。

とはいえ、財政規律の重視はメルケル政権にはじまったことではなく、ドイツ人の社会通念とも言えるものである。ドイツ人が財政規律を重んじる理由として以下のものが考えられる。(1)勤勉、質素、倹約を旨とするドイツ人の気質と生活習慣。ドイツでは絶えず「(価格が)高い)」という言葉を耳にする。ドイツ人は住まいと家具にお金を使うが、食べるものも、着るものも質素である。若い女性も、服装と化粧にあまり気をつかわない。(2)ハイパーインフレの経験。第一次世界大戦後の一九二三年、一ドル＝四兆二〇〇〇億マルクという天文学的な数字のインフレを経験している。パン一個が一兆マルクにもなった。その経験から、第二次世界大戦後、通貨の安定、財政規律と中央銀行の独立性を重視する金融政策を進めてきた。ちなみに日本では近年、中央銀行(日銀)の独立性は揺らいでいる。安倍元首相は日銀を日本政府の支店と呼んだ。将来に禍根を残す考えである。(3)世代間平等の実現。これはメルケルが特に重視している政治指針である。現在の水平的な平等だけでなく、将来を見据えた垂直的な平等をメルケルは強調する。「わたしたちの子どもや孫たちにも、損なわれていない環境や生活基盤を持つ権利があるのです」。(4) 反ケインズ主義的な経済思想。ここで言うケインズ主義とは、景気が悪化すれば、国が借金をして積極的に公共事業を行えば景気が良くなり、税金が増え、その借金を返すことができるという考えである。世界のほとんどの国がこの政策を取って来たと言っても過言ではないが、結果は借金の持続的な増加である。

ドイツは東西ドイツの統一の際に巨額の資金を要したために借金が嵩み、失業者があふれ、一時期「ヨーロッパの病人」と呼ばれた。その後、経済は持ち直し、今ではヨーロッパの経済を牽引する国になっている。シュレーダー政権の政策が功を奏して、メルケル政権発足の翌二〇〇六年にプライマリーバランスが黒字に転じる。金融危機の二〇〇九年、二〇一〇年は赤字であるが、それ以降は黒字が続いている。現在、ドイツの債務残高はGDP比約六〇パーセントである。ちなみに日本の債務残高はGDP比二三〇パーセントを超えている。二〇一七年の講演でメルケルは次のように語っている。「国家の財政は安定しており、働き手の数が多いおかげで新しい借金をする必要もなく、わたしたちの子や孫の世代に自由な活動の余地を残す前提が満たされています」。近年、インフラ投資を求める声が高まっている。先日も、経済界の代表と労働組合の代表が一緒に記者会見を開き、インフラ予算の増額を訴えた。しかしメルケル政府は、プライマリーバランスを保持することを理由に要求に応じなかった。

ギリシア危機の件で少し付言しておきたい。メルケルは均衡・緊縮財政策を掲げ、ユーロ圏諸国にもその原則の順守を求めるが、実際にはEUの維持、ヨーロッパの連帯を重んじる決定を行ってきた。支援拡大に対する国内世論の批判と、「危機を長引かせている」という国外からの批判の板挟みのなかで、時が熟し、国民の納得が得られる頃を待って、債務国に多額の信用供与を行ってきた。支援ないし信用供与をした額は、対ギリシアだけで六三五億ユーロ（約八兆九〇〇〇億円）、ユーロ圏政府・銀行に対する信用供与総額は七〇〇〇億ユーロ（約九八兆円）に達する。

戦後のドイツは、ナチスの罪とその償いを絶えず念頭に置き、国として再び危険視されることを避けるために、外交面で発言を抑制してきたきらいがある。しかしギリシア危機を契機に、ヨーロッパにおけるドイツの発言力が強くなってゆく。さらに二〇一四年からのクリミア危機・ウクライナ東部紛争において、メルケルはプーチンと四〇回以上の電話会談を行い（メルケルはロシア語でプーチンと直接会談を行うことができる）、さらにキエフ、モスクワ、ワシントン、ブリュッセルなど二万キロにおよぶ精力的なシャトル外交を展開した。このことによって、自然と、ヨーロッパにおけるドイツの発言権は一層増してきたと言える。

五　脱原発

ドイツでは一九七〇年頃から原発反対運動が持続的に行われてきた。そして二〇〇二年四月、シュレーダー政権において、新規の原発建設を行わず、稼働中の原発については稼働期間を平均三二年間とし、原則二〇二二年までにすべての原発を廃棄することが決定された。それに対しメルケルは第一次政権時、地球温暖化対策の観点から、原発廃棄は温室効果ガス削減の点で現実的ではないと発言していた。また、脱原発方針に対しては、電力業界、経済界において強い不満があった。そこで、二〇一〇年九月、与党間の合意が成立し、稼働期間が最長二〇四〇年まで延長されることになる。

しかし二〇一一年三月一一日の福島第一原発事故を受けて、ドイツの原発政策は一挙に変わる。四日後の三月一五日、メルケルは「日本ほど技術水準が高い国でも、このような事態を防ぐことができなかったことは重大である」として、一九八〇年以前に運転を始めた七基を直ちに停止させた。この七基とトラブルで止まっていた一基は廃炉になり、残りの九基も二〇二二年末までに順次止めていくことを決定した。それを盛り込んだ改正原子力法案が連邦議会で可決されたのは、福島事故から四か月も経っていない。メルケルは次のように語っている。原発事故の被害は、空間的・時間的に甚大かつ広範囲に及び、他のすべてのエネルギー源のリスクを大幅に上回る。原子力の残余のリスク（事故防止対策を尽くしてもなお残るリスク）は、人間に推定できる限り絶対に起こらないと確信を持てる場合のみ、受け入れることができる。しかしそれをゼロにできない以上、原発は早急に停止しなければならないと。メルケルは議会で「以前の自分の考えは間違っていた」と率直に述べ、改正原子力法案の趣旨を説明した。

このような決断を行わせたものは、メルケル自身の倫理観に加えて、原発リスクに極めて敏感なドイツ世論だったと思われる。一九八六年のチェルノブイリ原発事故の際、ドイツは一六〇〇キロも離れているにもかかわらず、南部のバイエルン州を中心に深刻な放射線汚染を被った。事故の直後にドイツへ留学する機会を得た私は、放射線に対する尋常でない拒否反応に驚きを覚えた。フランスでも同様の汚染が報告されていたし、福島事故に対する受け止め方も両国の間で著しい違いが見られる。ドイツにおける原発リスクに対する反応の敏感さは何に起因するのであろうか。以下の理由が考えられる。(1)ドイツ人は自然の傍で暮らすのを好む。そこから強い自然保護意識が生まれてくる。(2)ドイツ人は内面に不安と憂鬱を抱えて生きていると言われる。それらと一体となった懐疑心も強い。どんよりと曇った気候風土、および何度も戦場になった経験からきているのかもしれない。それらは深遠なドイツ哲学、文学、音楽を生んだ土壌でもある。(3)東西両ドイツは一九四八年のベルリン封鎖以降ほぼ四〇年間、冷戦の最前線として核戦争の恐怖にさらされていた。このことが核に対する拒絶反応を生む最大の要因ではないかと私は考えている。再生可能エネルギーの発電量は増加し、二〇一九年には全電力使用量の四六パーセントに達している。しかし電気料金の高騰、電気供給の不安定化、高圧送電線建設の難航などの問題が山積していることも事実である。

六　難民受け入れ

二〇一五年九月五日、六日に二万人の難民がミュンヘン中央駅に到着した。駅舎には「ドイツにようこそ」というプラカードを掲げ、食糧や衣料を配るドイツ人ボランティアで埋まった。テレビでその光景を目にして、多くの人たちが逃れてきたいと思う国はやはり素晴らし国だと感動を覚えると同時に、こんなに多数の難民を一度に受け入れて大丈夫であろうかと強い危惧をいだいた。

メルケルが難民に対して上限なしに門戸を開いたために、二〇一五年には一〇〇万人以上、二〇一六年には約三〇万人の難民がドイツに押し寄せてきた。ドイツの一部政治家や周辺国から強い批判の声があがった。たとえばバイエルン州の首相はこう言った。「難民受け入れの決定は間違いである。今後、われわれはこの問題に長期間取り組まねばならなくなる。ドイツは制御不可能な苦境に陥るだろう。一度はずした栓をもう一度瓶に戻すわけにはいかない」。

案の定、憂慮される事態が各地で起きた。二〇一五年大みそかの夜、ケルンの大聖堂広場と中央駅で、難民など外国人を中心とした若者ら約一〇〇〇人による集団女性暴行事件が起きた。その後も各地で暴行事件が起こり、集団殺傷事件やテロ事件も起きた。

次第に難民・移民に対する拒否反応が強まり、メルケルは「門戸開放」の原則は降ろさないものの、移民を制限する方向に舵をきった。二〇一五年一〇月に難民法を改正し経済難民は受け入れないことを決定。二〇一六年三月には、トルコに対する経済的援助を条件に、メルケルの主導のもと、EUとトルコ間で、トルコからギリシアに密航した人間は原則的に送還することで合意した。EUの東側諸国も国境を閉ざしたために、ドイツへの難民流入数は減少してゆく。

移民受け入れを正当化する論点として、およそ次のものを挙げることがでる。(1)移民は労働力として経済成長に必要である。(2)高齢化社会では移民を受け入れなければ機能しなくなる。(3)移民は文化を多様で豊かなものにする。(4)いずれにせよ、グローバル化の時代においては、移民の流入は止めることはできない。

しかし、メルケルが難民を受け入れた動機はそれらとは異なると言わなければならない。彼女自身、それは「人道的な要請」であると言っている。人間の尊厳のもと、あらゆる人間の平等、基本的人権が尊重されなければならないという要請である。

メルケルはプロテスタントの牧師の娘として育った。牧師館には、人道援助団体（ディアコニー）が運営する「精神障がい者のための授産施設（障がい者が自立した生活を目指して働く施設）」が併設されていた。そのような環境のなかで、困っている人や弱者を助けなければならないという「倫理的な要請」が培われたのであろう。

メルケルの難民受け入れ方針は、当初、ドイツ人の過半数から支持を得ていたと言われている。メルケル一人の独断・独走ではなく、ドイツ国民に難民を受け入れる土壌が醸成されていたことにわれわれは注目しなければならないであろう。学生、中高校生、退職者など、多くの人が難民支援に立ち上がった。人口八五〇〇万の内、何らかの意味でボランティア活動に携わる人は三〇〇〇万人以上と言われている。

ナチスの時代以来、ドイツ人は自らが避難民となる経験を三度している。ナチスの時代の亡命、第二次大戦後の東部居住地区からの避難、分裂ドイツ時代の東から西への脱出である。ナチス時代には国境が閉ざされていたために亡命できず、多くの犠牲者を生んでいる。そのような過去の経験が難民受け入れに対する寛容さとなって現れているのかもしれない。旧約聖書の「あなたたちは寄留者を愛しなさい。あなたたちもエジプトで寄留者であった」(申命記10・19)との戒めを想起させられる。

かつてビスマルクは「政治は可能性の芸術である」と言った。政治においては、一つの決定がある人を利し、別の人を害するということが生じる。広く利害の相反が生じる。原発を廃止すれば、電気料金をあげざるをえない。均衡財政を貫こうとすれば、インフラが老朽化する可能性が高くなる。他国に経済制裁を課せば、自国の経済にも影響が及んでくる。難民を救おうとしても、風紀のみだれ、共生の困難、テロの危惧が伴う。受け入れを制限せざるをえないであろう。絶えずジレンマに直面するなかで、「人間の顔をした社会」をつくるために、最大限の可能性をさぐらなければならない。

今はまだメルケルに対する評価は定まっていない。しかしある政府高官の次の言葉が的を射ているように思われる。

メルケルの信仰は深いところにある。難民受け入れにしても隣人愛の考え方から来る。新約聖書に出てくるイエスの養父ヨセフも難民となった。メルケルは冷静な物理学者であるが、他面、宗教的な考えが強い。……プロテスタントとして飾りを嫌う。服装もそうだし、話し方も虚飾がない。

ベルリンの古いアパートに住み、田舎の湖のほとりに小さな別荘をもっている。ヨットやボートはなく、車庫にフォルクスワーゲンのゴルフが一台ある。夏の休暇は、南チロルの三〇室しかない小さなホテルで過ごす。ここで一番高いツインルームは観光シーズンでも二食付き一八八ユーロ（約二万三千円）である。そこで以前はトレッキングを楽しんだが、今は多忙でそれもできていないようである。（『わたしの信仰（Daran glaube ich）』からの引用は、松永美穂氏訳によっているが、誤訳と思われる箇所等に少し手をくわえさせていただいた）。

あとがき

「ドイツ語で書かれたキリスト教関係の書物の翻訳は間違いが多く、ずさんであるから注意をしなさい」という言葉を大山定一教授から聞いたのはほぼ六〇年前、大学三年生の時である。この言葉から私は、たんに注意喚起だけでなく、キリスト教界の知性的レベルの低さと誠実さの欠如に対する揶揄《やゆ》と非難が込められているような印象を受けた。受洗して間もない私にとって衝撃的な言葉であった。大山教授は京都大学文学部ドイツ文学専攻の主任教授で、R・M・リルケ作『マルテの手記』の翻訳が正確かつ優れた日本語訳として知られていた。この言葉をお聞きした経緯について記しておきたい。

私は文学部に入学後、内面的で人間の心の深部をみごとに表現しているドイツ文学に興味を覚えて、ドイツ文学専攻に進んだ。ゲーテかヘルダーリンで卒論を書くつもりでいた。ところがキリスト教への関心が増すにつれ、興味がルターへと移っていった。そこで、専攻を変更した方がよいのではないかと真剣に考えはじめ、大山先生のところに相談に伺った。すると教授は、ルターは聖書翻訳によって現代のドイツ語を作った人物で、その後のドイツ文学はその基盤の上に成り立っている。ルターはドイツ文学の金字塔である。専攻は君のように狭く考える必要はなく、ドイツ文学専攻に留まってルターを研究してもらって大いに結構である。この大学では基督教学や宗教学の講義および演習を自由に受講できるし、教授に相談に行くこともできる。また君の卒論のテーマにもよるが卒論試問の際には基督教学の先生に加わってもらうこともできる。ゲーテを研究するにしろ、ルターを研究するにしろ、今一番大切なことは、原文を丁寧に正確に読むことである。学部ではドイツ文学専攻にとどまって、まずドイツ語の力をつけてはどうか。転専攻はそれから考えても遅くはない。そのような主旨のことをおっしゃった。その後、先ほどの言葉がつづく。「今後、関連する文献を翻訳で読む機会も増えると思うが、ドイツ語で書かれたキリスト教関係の書物の翻訳は間違いが多く、ずさんであるから注意しなさい」。私は釈然としない気持ちで研究室を後にした。先生のおっしゃったことは事実であろうか。事実だとすればなぜそのようなことが起こるのであろうか。それはキリスト教の宣教にとってマイナスになるのではないであろうか。

あれから六〇年が経つ。残念なことに大山先生の言葉を裏書きするような本をいくつも手にしてきた。少なくなってきたとはいえ近年もまだつづいている。たとえば宗教改革時代のある有名な信仰問答の翻訳にはたくさんの間違いが認められる。そして、その翻訳をもとにして考察された講解・講話では間違いは増幅されることになる。この場合、知的手続きとして三つの過ちを指摘できる。まず原文を正確に読むという手続き、次に、既刊の翻訳を用いる場合、訳が正確かどうかを検証する手続きが必要である。しかし、何よりも、原文によらず翻訳をもとに解釈するという手続きが一番の問題である。

私は今、「あなたは、兄弟の目にあるおが屑が見えるのに、なぜ自分の目の中の丸太に気がつかないのか」（マタイ7・3）というイエスの言葉を思い起こす。私も翻訳を手掛けてきた人間として自戒しなければならない。しかしまた、「第11章　エーミル・ブルンナーの『社会倫理』」では、次のように述べられている。「大工は自然の法則に従い、安全で住みやすい家を造るという任務をもっている。そこには可能な限りの匠の技術が要求される。立派なキリスト者であるがすぐに壊れる家を造るようでは大工として失格である。しかし腕が確かで、その上、キリスト者としての誠実さと思いやりがあれば、安全と住みやすさという点で、自然とどこかに違いが出てくるであろう。これは、医者についても、教師についても、政治家についても同じことが言える」と。どのような仕事をするにしろ、匠の技に近づくために研さんを重ねなければならないと思う。その上で、さらにキリスト者ならではの仕事ができればと願っている。一般にはほとんど気づかれないことであるが、このような面からも地道に日本のキリスト教界への信頼・信用を取りもどしてゆかなければならないと思う。

信仰生活を送る上で、また教育と研究に携わる上で大切なものを身につけさせていただいた講義を一つ紹介したい。そのことに気がついたのは卒業後かなり経ってからである。宗教学の講義であった。申し訳ないことにその先生のお名前も失念している。私たちが受けた講義の多くは、準備された原稿を読み上げ、必要に応じて補足説明をするという形のものであった。しかしその先生の講義は一風変わっていた。原稿ではなくメモのようなものを持参され、キーワードを黒板に書き、講壇の上を、さながら動物園の熊のようにゆっくりと左右に歩きながら、その概念をめぐってあれこれと考察を加えてゆかれるのである。受講生を自分と一緒に考えることへと誘うような口調とテンポで話された。私はその講義のファンで、いつも同じ席にすわり心をワクワクさせながら聴いていた。ノートを取る楽しさもそこで覚えた。一つの概念が、つぎつぎと多面的、多義的に膨らんでゆくのであるが、ノートを取るとそのことが良く分かる。説明は学生にも理解できるように、具体的で、時代と生活に即したものであったと記憶している。そもそも概念は、たくさんの意味で使われ得るという内容であったが、先生の本当の狙いは、言葉と概念に対する懐疑を養うこと、そして体験や生活を通して概念に生きた意味をもたせることの重要さを伝えるところにあったように思われる。ヨーロッパで生まれた諸概念は、日本人にはたやすく理解できるものではないと語られた。挙げられ諸例の中で一つだけ記憶している。キリスト教のGodは、「神」と訳すか「仏《ほとけ》」と訳すか「ゴッド」とするか、少なくとも三通りの可能性があったと話されたとき、私はすっかり驚いてしまった。もし「仏」と訳されていたなら、私たちは今、「天におられる仏様」と祈ることになる。その他、先生は直近に読んだ本を紹介されたこともあった。その内容を簡略に説明した後、この本を通して次のような諸問題について考えたと、一つ一つ丁寧に話してくださった。本を読んで考える、そして考えながら本を読むことを教えようとされたのであろう。知識を伝達する講義ではない、早急に結論や答えを出す講義ではない、すぐに効果が期待できる講義でもない。抽象的な概念を疑う能力と考える能力を養うための講義であった。そのことに気づいて以来、私は文章を書く際にはいつも、講義で教わった二つの能力を実際に生かし向上させる作業にしたいと願っている。

本書の「第3章　苦悩への畏敬」において、筆者は次のように書いた。「彼（シュナイダー）の生きた時代と私たちが生きている時代は、あまりにも違うため、彼の経験した苦悩と、そこに見出した意味は私たちには理解しづらいところがあるように思われる。時代によって信仰がまとう衣服も変わるようである。しかし再び時代がいっそう病み、悪しきものになった時に、彼から学べることも多いのではないかと思う。ただ、そのような時代がこないことを心から願っている」。しかしロシアがウクライナに侵攻して以来一年半を経過し、シュナイダーが生きたような時代が再び来ないとは言い切れない状況を呈している。戦闘地域はウクライナに限定されているものの、ウクライナ支援国はNATOの三〇か国にとどまらない広がりをみせ、ある意味で世界的規模の戦争ということができる。プーチンが核兵器を使用する可能性も危惧されている。

冷戦時代の一九四八年六月、ソビエト連邦政府は、西ベルリンに向かうすべての鉄道と道路を封鎖した。ベルリン封鎖と呼ばれている。ベルリンには空路でしか物資を運べなくなり、東西の緊張が一気に高まった。その半年後、シュナイダーは次のように書いている。「いたるところから、外からも内からも無が押し寄せてくるように思われる。……何ひとつ確かなものはなく、信頼できるものはない。何が起きても不思議はない。ほかでもない恐ろしきことが今にも起こるであろう」。彼は未来に、「核によるホロコースト」を見た。「私は、戦争をなくすることができる、地上の血の流れを鎮めることができると考えている平和主義者たちをうらやましく思う。しかし私は知っている。戦争や戦争の叫びがますますどぎつくなり、ついには自然界の諸要素が熱のために熔け、地とそこで造りだされたものは燃えてしまうであろうことを。この不変、不滅の現実を前にしてキリスト者は平和を生きなければならない」。

一九八九年にベルリンの壁が崩壊し、四四年間つづいた東西冷戦は終結した。それから三〇年余が過ぎ、私はもはや大きな戦争は起こらないであろうと思っていた。そう考えていた理由は三つあり、一つは、凄惨極まりない第二次世界大戦を経験したことが、戦争を忌避する力として働くであろう。第二に、人類の倫理的な力ではなくとも、核兵器が抑止力として働くであろう。第三に、世界経済がグローバル化したため、戦争を始めると自国の経済が必ず大きな打撃を受けることになることは明らかであるからである。しかし予測ははずれ、思いもよらないことが起こってしまった。七〇年前のシュナイダーの不安と恐れは、杞憂であろうと思っていたが、急に現実性を帯びてきたと言える。

彼は虚無の恐ろしさを知っていた。そしてまた現代社会が虚無に覆われていることを肌で感じていた。それは人類が、自分の支えとなる基盤を失ったこと、生きる意味と目的を失い、善悪の尺度を失ったことから生じていると考えられる。法も、ルールも、約束ごとも、人間の尊厳と自由も、いとも簡単に無視される。自己の内に喪失感と絶望を抱えた人間は何をするかを想像することもむずかしい。そして喪失感と絶望を抱えた人間は世界中に数え切れないほど存在するであろう。何が起きても不思議はない。この状況の中でキリスト者は平和を体して生きることを求められている。その務めを果たそうとするなかで、また自己の内なる罪と病と無との戦いのなかで、シュナイダーが深い慰めと最後の拠り所を与えてくれることを、そして導きとなり、生きる規範ともなってくれることを願っている。最後に、彼の自伝を読んだ一般読者からの手紙の一節を紹介しておきたい。「はなはだ逆説的に響きますが、あまりにも多くの、明るくてきらびやかな書物が闇を広めているのに比し、あなたの憂鬱で、闇で覆われた書物は、光を放射しています」。

ここに収められた各章の初出は次のとおりであるが、それぞれ加筆、修正を行っている。なお、未発表の信徒説教も含まれている。

第1章　「歴史の中で真理を生きる――ナチス時代のラインホルト・シュナイダー」
一　非合法出版（『共助』第51巻第5号　二〇〇一年五月）
二　歴史の中の神の国（『共助』第51巻第6号　二〇〇一年六月）
三　反キリスト（『共助』第51巻第8号　二〇〇一年八月）
四　裸の十字架の前で（『共助』第51巻第9号　二〇〇一年九月）
第2章　「人格の衰退とその回復」（『共助』第68巻第2号　二〇一八年三月）
第3章　「苦悩への畏敬」
一　ラインホルト・シュナイダーと病気（『共助』第68巻第3号　二〇一八年四月）
二　共苦としての愛（『共助』第68巻第5号　二〇一八年八月）
第4章　「我祈る、ゆえに我あり」（『北白川通信』第43号　二〇一九年四月二一日）
第5章　「苦悩する神の認識」（『北白川通信』第44号　二〇二〇年四月一二日）

第6章「神は私たちと共におられる」(『共助』第71巻第2号　二〇二一年三月)
第7章「人生の目標――わたしにとって、生きるとはキリスト」(日本基督教団北白川教会信徒説教　二〇一九年六月二三日)
第8章「信仰によってのみ義とされる」(日本基督教団北白川教会信徒説教　二〇一九年一〇月一三日)
第9章「キリストを愛しキリストに愛された人生」(『共助』第71巻第2号　二〇二一年三月)
第10章「いわれなき愛」(『北白川通信』第42号　二〇一八年四月一日)
第11章「エーミル・ブルンナーの社会倫理」(『共助』第47巻第2・3号　一九九七年三月)
第12章「政治と信仰――アンゲラ・メルケルの場合」(『共助』第70巻第2号　二〇二〇年三月)

ラインホルト・シュナイダーを日本に紹介したい一念から、専門の論文や書物とは別に、より多くの方に読まれることを願って雑誌『共助』にも書かせていただいてきた。その記事が出版社ヨベルの安田正人社長の目にとまり、シュナイダーのような人を日本に紹介する意義は大きいと思うので、『共助』に掲載された小論や説教をまとめて本にしないかと声を掛けくださった。シュナイダーに興味を覚える方がおられることは何よりも嬉しいことである。加えて、彼を紹介する良い機会を用意してくださったことに対し、この上なく深い感謝の気持ちに満たされている。またシュナイダーを紹介する機会と福音を分かち合う場を与えてくださった共助会と日本基督教団北白川教会の皆様に篤くお礼を申し上げるとともに、良き読者と良き聴き手に恵まれている幸いを思う。

二〇二三年盛夏

下村喜八

著者略歴

下村喜八（しもむら・きはち）

1942 年、奈良県に生まれる。

1970 年、京都大学大学院文学研究科修士課程修了。

京都府立大学名誉教授。ドイツ文学。

著書：『生きられた言葉』（鳥影社、2014）

訳書：ラインホルト シュナイダー『カール五世の前に立つラス・カサス：南米征服者時代の諸情景』（未来社、1993）、『フラウミュンスター説教集Ⅰ』「ブルンナー著作集」⑦（教文館、1996）、『フラウミュンスター説教集Ⅱ』「ブルンナー著作集」⑧（教文館、1996）

苦悩への畏敬

—— ラインホルト・シュナイダーと共に ——

2023 年 10 月 1 日 初版発行

著　者 —— 下村喜八

発行者 —— 安田正人

発行所 —— 株式会社ヨベル　YOBEL, Inc.

〒 113-0033 東京都文京区本郷 4-1-1-5F

TEL03-3818-4851　FAX03-3818-4858

e-mail：info@yobel. co. jp

印　刷 —— 中央精版印刷株式会社

装　幀 —— ロゴスデザイン：長尾 優

配給元—日本キリスト教書販売株式会社（日キ版）

〒 162 - 0814　東京都新宿区新小川町 9 -1

振替 00130-3-60976　Tel 03-3260-5670

　ISBN978-4-909871-95-4 C0016

ヨベルの本（税込表示）

［ヨーロッパ思想史］

金子晴勇

キリスト教思想史の諸時代 別巻1 アウグスティヌスの霊性思想

「不安な心」に呻吟し、あの「ミラノの回心」を経て、最も著名な教父の一人となったアウグスティヌスをキリスト教霊性の先駆者として捉え、その全体像に肉迫！

このように被造物に創造の初めから与えられている根源的な対向性は「あなたのうちに（in te）憩うまで安らぎを得ない」とあるように、その目標とするところは神の内にある平安である。この平安に至るまでの状態は「わたしたちの心は不安に駆られる」と説明される。（本書より）

新書判・二五六頁・一三二〇円

各巻平均二六四頁
一三二〇円（税込）
（本体一二〇〇円＋税）

第8回配本 反響

キリスト教思想史の諸時代［全7巻 別巻2］

- I ヨーロッパ精神の源流［既刊］
- II アウグスティヌスの思想世界［既刊］
- III ヨーロッパ中世の思想家たち［既刊］
- IV エラスムスと教養世界［既刊］
- V ルターの思索［既刊］
- VI 宗教改革と近代思想［既刊］
- VII 現代思想との対決［既刊］
- 別巻1 アウグスティヌスの霊性思想［最新刊］
- 別巻2 アウグスティヌス『三位一体論』の研究

本巻全7巻完結！

金子晴勇 東西の霊性思想

キリスト教と日本仏教との対話

西行や良寛を読むと心が澄み渡り、法然や親鸞に信心は鼓舞される。ルターと親鸞はなぜ、かくも似ているのか。キリスト者が禅に共感するのはなぜか。
多くのキリスト者を悩ませてきたこの問題に「霊性」という観点から相互理解と交流の可能性を探った渾身の書。

再版・46判上製・288頁・1,980円

info@yobel.co.jp　FAX03(3818)4858　http://www.yobel.co.jp/